LOS LABIOS DE LA EXTRAÑA

Crónica de lujuria, perversión y crimen.

Javier A. Garin

Porque los labios de la mujer extraña destilan miel,

Y su paladar es más blando que el aceite;

Mas su fin es amargo como el ajenjo,

Agudo como espada de dos filos.

Sus pies descienden a la muerte;

Sus pasos conducen al Seol.

PROVERBIOS, 5, 3-5

CONTENTS

CAPITULO UNO

Cuando yo era el abogado y no el cliente, los criminales de baja monta me hacían perder tiempo con proclamas de inocencia. Sólo el delincuente profesional es sincero: sabe que el defensor debe conocer la verdad. Te ahorraré mentiras y pretextos. Soy culpable. Pero estoy injustamente preso.

Tu amistad no juzgará mis extravíos. A lo sumo, te asombrarás de que este hombre corrompido, involucrado en un delito tan grave, sea el mismo muchacho ridículamente ingenuo que, en tiempos de estudiante, compartía con vos las tediosas jornadas de la biblioteca parlante, en la vieja y noble facultad de Figueroa Alcorta. En esa época me arrastrabas a cuanto acto o marcha podías: por la vuelta de la democracia, por aparición con vida, por juicio y castigo a los milicos muy malparidos... Grandes ilusiones. Parece otra vida. Y lo es.

¿Cómo te explico la fuerza que me atrajo a esta encerrona? Si hubieras practicado caída libre me entenderías. Fue el vértigo de la caída libre. Adrenalina en dosis masiva. Un desatinado coqueteo con la muerte. ¿Te acordás que yo les tomé afición a los saltos en caída libre? Me apasionaba. Los fines de semana que podía, saltaba con un grupo de paracaidistas locos desde un avión que alquilábamos en Lobos. Caer y caer envuelto en el rugido del viento es maravilloso. Cuando perdió su novedad, yo acicateaba mi adrenalina desafiándome a mí mismo, estirando el momento de desplegar el paracaídas, acercándome cada vez más a la línea de la muerte: esa peligrosa barrera debajo de la cual ya es tarde para frenar sin daño la caída. A veces llegaba a pensar: ¿Y qué pasa si no lo abro? ¿Qué pasa si anulo el dispositivo de apertura automática y sigo cayendo sin parar?

Esta fascinación por cruzar la barrera de lo irreparable me persiguió siempre. Cuando era pendejo –diez, doce años- me colaba en el tren colgándome en la parte exterior del fuelle, entre dos vagones. Apoyado en los paragolpes neumáticos, miraba bajo mis pies discurrir la vía férrea, pensando con excitación que un resbalón podía enviarme directo bajo las ruedas. En otras ocasiones me paraba en el borde del andén ferroviario jugando con la idea de dejarme caer al paso de la locomotora. Cien veces, de adulto, manejando a toda velocidad en la ruta, abrigué la extravagante ocurrencia de dar un pequeño volantazo hacia la izquierda en el momento de cruzar algún brutal camión por la mano contraria. Me seducía que un movimiento tan pequeño pueda tener consecuencias tan definitivas. Y esto, en lugar de asustarme, me incitaba a acelerar más. No hay forma racional de explicar esta tentación suicida, este regodeo auto-aniquilador.

No te alarmes. Mi integridad física está a salvo en estos momentos. Ni siquiera tengo a mano un cinturón para ahorcarme, aunque quisiera usarlo... La última vez que vi a mi cinturón -mejor dicho, a su punta asomando por el baúl del auto- fue cuando me paró la policía. Lo habrás leído en el expediente. No lo había notado hasta ese momento. Por supuesto, sabía que no tenía puesto el cinturón, pero también me faltaban otras prendas. Cuando vi esa punta asomando tuve una repentina intuición. No me preguntes por qué, pero imaginé dónde estaba amarrada la otra punta.

Conocí a Maira en La Plata. Mejor dicho, viajando a La Plata en la Costera, un día que debía concurrir a juicio y tenía el auto en el taller. El embolante viaje me daba la oportunidad de repasar las carpetas y preparar mis argucias de leguleyo. Era media mañana cuando ella subió en una parada de City Bell. ¿Cómo puedo describírtela? Ninguna foto le hace justicia. Ella era mucho más hermosa que cualquiera de sus fotos. Había algo que ninguna foto puede captar.

Tenía, después supe, veintiocho años. Se sentó en una butaca libre entre los primeros lugares. Yo, un poco más atrás, me sorprendí a mí mismo sin poder quitar los ojos de su bella cara, que se reflejaba en el enorme espejo del micro. Era un óvalo perfecto, con el mentón ligeramente puntiagudo adornado por un hoyuelo apenas perceptible. La nariz no muy pequeña, pero recta y graciosa, el ángulo impecable de sus cejas, la línea de su frente, clara y nítida, le daban un perfil griego. Pero, lejos de la frialdad apolínea, había en su boca, de trazo delicado, y en sus ojos profundamente negros, una promesa de escondida sensualidad.

Maira usaba el cabello suelto y natural, abundante y largo, hasta la mitad de la espalda o más. Era castaño oscuro, muy fino, muy lacio. Partido al medio, se abría sobre su frente sin ocultarla y se desenvolvía alrededor de su cara, poniendo de resalto la tez blanca y opaca, como un marco que, pese a lo suntuoso, concentra la vista en el interior del cuadro.

Esa primera vez del colectivo sólo la miré y admiré durante el trayecto hasta plaza Italia. Antes de que pudiera planear otra cosa, se bajó y la perdí. No tuve oportunidad de hablarle ni esperanza de volverla a ver. Pero me causó una impresión tan profunda que el resto de ese día, y muchas otras veces en los días posteriores, me descubrí pensando en ella. Qué loco, ¿no? Una persona a la que sólo contemplamos breves minutos, sin cambiar una palabra, puede afectarnos más que otros a quienes vemos y tratamos diariamente durante años. Yo siempre tuve la sensación supersticiosa de que a Maira la conocía de otras edades, de vidas remotas. Como en el tango de Discépolo: "fiebre de pasiones maldecidas, que uno trae de otras vidas…" Había algo misterioso en su intimidad y algo familiar en su extrañeza. Sus incógnitas, sus secretos, sus mentiras, sus ardides, nunca me sorprendieron. En cierta manera, ya los sabía; ya había perdonado sus traiciones antes de que ocurrieran.

Yo atravesaba uno de esos momentos de crisis matrimonial que tornan imprescindibles las evasiones agradables. Pensar en esa hermosa desconocida, en su promesa de felicidad imposible, me producía una mezcla de placer y dolor. No la olvidé, pero no creí que hubiera segunda oportunidad.

Más de un mes pasó antes de que volviese a La Plata por una audiencia en un caso sencillo de robo calificado. Había recuperado mi vehículo. Fue al doblar para tomar por trece desde cuarenta y cuatro que la vi por segunda vez. La reconocí enseguida. Iba a unos treinta metros, por la vereda del lado de Tribunales, como yendo a la basílica. Eran las diez de la mañana. Ahora que la vi caminando, con su cuerpo delgado y ágil sin dejar de ser muy sensual, con la curva intachable de la columna que levantaba su pecho altivamente y prestaba a sus anchas caderas la postura y el equilibrio perfectos, su figura me hizo la misma impresión de concentrada belleza que antes sus facciones. Y entonces vinieron a mi memoria esos versos del poeta maldito que me solías recomendar en la Facultad: "todo parece hacerle un marco a ella". Todo, no sólo el pelo alrededor de la cara. Las calles arboladas de La Plata, las amplias veredas, la gente borrosa e insignificante: todo se abría y se esfumaba a su alrededor, como en deliberado fuera de foco, para acentuar su esplendor. Así avanzaba bajo el sol mañanero: luminosa, maravillosa, distraída, en apariencia inconsciente del efecto que causaba. Inolvidable. Al evocar el sacudón que produjo en la mediocridad de mi vida, me pregunté muchas veces cómo pude estar tan dormido hasta entonces, tan negado a mi propia esencia.

Yo aún tenía todos mis trámites pendientes y un Juez penal que me esperaba en 8 y 56. Pensé: "esta vez no puedo perderla". Había algo de fatídico en un segundo encuentro tan improbable. Es cierto que la zona tribunalicia de La Plata que ella entonces frecuentaba, como después supe, no es muy extensa, pero yo iba en muy contadas ocasiones. Recordarás que yo en esa época vivía y tenía mi estudio en Adrogué, no tomando casos en La Plata sino excepcionalmente. Me pareció algo más que un extraordinario azar. No creo imagines hasta qué punto creció mi ansiedad cuando no pude dar con un puto lugar para estacionar. Al fin logré meter el auto en un estacionamiento atestado frente a tribunales y retrocedí corriendo para tratar de encontrarla por avenida trece, enloquecido ante la perspectiva de haber malogrado aquel milagro por un vulgar inconveniente de tránsito. Entonces apareció frente a mí.

Ella siempre vestía con sencillez. No eran las ropas las que la hacían destacar. Un simple vaquero, una blusa, unas botitas, no importaba. El magnetismo brotaba de ella. Los hombres se daban vuelta a verla, y yo era uno más de aquella multitud de bobalicones. Un abogado presuntuoso le dedicó un piropo sin más éxito que el que puede tener el silbato de un remolcador frente al cruce de un trasatlántico. Maira pasó a mi lado indiferente, y no me atreví a hablarle. En vez de eso, la seguí.

Pasó frente a los Tribunales, dobló por calle 49 hacia el centro e hizo unas dos o tres cuadras antes de que me decidiera a algo más. Era ridículo que un hombre grande y para nada inexperto no pudiese hilvanar una estrategia. Al fin, temiendo que ingresara en algún edificio o se encontrara con alguien, le hablé. Pero mi abordaje fue ridículo. Creo que sólo me salvó del bochorno la evidencia de la profunda impresión que me embargaba. Sólo eso pudo impedir que ella me considerara un idiota.

-Disculpá - le dije poniéndome a la par-. ¿Vos creés en las casualidades?-. Me miró con frialdad e impaciencia. Me apresuré a agregar: -No es para molestarte. Es la segunda vez que te veo y no puedo dejarlo pasar. Te tengo que hablar, o me voy a arrepentir de por vida.

Ahora su mirada fue de extrañeza. Absurdamente le dije:

-La primera vez fue hace como un mes y medio. Tomaste la Costera en City Bell. Tenías un saco marrón y unos pendientes dorados. Me shoqueaste tanto que no puedo sacarte de mi cabeza. Creí que nunca te iba a encontrar de nuevo. Pero hoy te vi desde el auto y hace tres cuadras que te sigo. No te quiero acosar. Pero entendeme.

Para usar lenguaje forense, digamos que la "referencia témporo-espacial" tuvo un efecto tranquilizante, o cómico. Quizás ambas cosas. Se sonrió ligeramente.

-Es la primera vez que me encaran con un verso así-, dijo-. Pero no tengo tiempo.

-Yo tampoco. Dejé plantado a un juez por seguirte. ¿Puedo verte después? ¿Puedo invitarte a almorzar o a tomar algo? A la una voy a estar desocupado. Por favor -agregué con tono jovialmente lastimero-, este segundo encuentro no es casual, creéme. Las casualidades no existen.

Sonrió. Supe que aceptaría. No quiso darme el celular, ni tampoco almorzar más tarde. - Un café puede ser -dijo-, en ese bar de enfrente.

-Soy Julián-, me presenté. Ella me dio su nombre con desconfianza.

Partí feliz, incrédulo y conmovido. Nunca supe bien de qué trató aquella audiencia. Creo que hice firmar a mi cliente un juicio abreviado sin mucho miramiento. A la una menos cinco estaba en esa esquina. Ansioso. Sin saber si ella acudiría o si sólo me había sacado de encima elegantemente. Pero acudió. Me dirigió una mirada de reconocimiento e ingresó al bar sin detenerse, como quien no desea ser visto. No tardaría en acostumbrarme a sus sigilos y precauciones.

Entré yo también. Ya se había sentado a una mesa al fondo, lejos de la ventana. Estaba hermosa, agitada y un poco excitada. Me sedujo esa inseguridad impropia de una mujer tan avasallante. Me senté con ella. Pedimos dos cafés. Me preguntó si era abogado y le dije que me dedicaba al derecho penal. Se mostró interesada.

-¿Defendés asesinos y violadores?- preguntó con ironía.

-Defiendo a gente acusada de esos y otros delitos-, respondí, acostumbrado a las chicanas -. Si no hay defensores no hay justicia-. Ella sonrió con escepticismo. Traté de justificarme: - Mayormente defiendo ladronzuelos, drogadictos que se metieron en problemas. No creas que me tocan muy seguido crímenes interesantes.

-Si fuera abogada, me ocuparía de esos crímenes solamente- bromeó.

-Eso quisiera yo, porque además se cobran bien-, le dije. Le expliqué que mis clientes eran vulgares chorritos, hijos de padres laburantes que no supieron meterlos en caja a tiempo y de madres débiles que les han consentido todo. Los límites que no les puso la familia se los terminaba fijando un guardia sádico del Servicio Penitenciario. Pero no quería aburrirla. Le pregunté a qué se dedicaba.

-Ama de casa. Mujer sin ocupación rentada.

-¿Casada?

Se miró el anillo, irónica.

-Respuesta obvia, ¿no? En trámite de separación. Por eso estoy por esta zona. Tenía que ver a mi abogada. Vos también sos casado, veo.

-En la misma que vos-. Mentí: en aquella época no pasaba por mi cabeza divorciarme. Todavía creía que amaba a Ana y a los chicos. Todavía creía que amaba y respetaba algo en esta vida.

La halagué con escaso ingenio pero mucho entusiasmo. No me costó averiguar los motivos de sus cuitas conyugales. Ella me dio pie. Su historia era -naturalmente- conmovedora.

-Hace doce años que estoy en pareja, cinco de casados. Fuimos muy felices con Fernando, pero ya no soporto sus celos.

-¿Cómo doce años? Sos muy joven.

-Tenía dieciséis cuando fui a vivir con él. Me lleva veintinueve. Sí, ya sé lo que vas a decir. Yo era muy chica. Pero estaba enamorada. Fue el primer hombre, el único. A pesar de sus celos, es así. No hay infidelidad de por medio. Me separo por su control. Me asfixia. Le tengo miedo.

Hizo una pausa y luego de un sorbo de café, con la vista baja, agregó:

-No sé qué hago acá hablando con vos de esto. Ni siquiera sé quién sos. Me da vergüenza haber hablado así. Pero la verdad es que no tengo a nadie con quién hablar. No tengo familia ni amigas. Él me hizo separarme de todo y de todos.

Derivación melodramática, ideal para salir rajando. Eso, si ella no hubiera sido una diosa... Pero, claro, me quedé como un gil. La necedad masculina en materia de mujeres desvalidas es sobresaliente. Nada resulta tan seductor a nuestra fantasía de redentores viriles que una mujer victimizada. Lujuria disfrazada de ternura protectora. Ego. Mucho ego. Le pregunté dónde estaban sus padres que no la ayudaban.

-Papá murió cuando yo era chica. Mamá y mi padrastro le dan la razón a Fernando. Los tiene comprados.

-¿Cómo comprados?

Ella hizo un gesto de rencor y respondió:

-¿Cómo creés que estuvieron tan dispuestos a permitir que yo, a los dieciséis, me fuera a vivir con un tipo casado?

Casos de esos hay muchos, sabés muy bien. Abusos que normalmente no trascienden pero que alguna vez tienen mal fin. ¿Te parece raro que me contara todas estas cosas? Es raro, sí. Pero hacemos confidencias increíbles a desconocidos. Ella necesitaba hablar con alguien. Y justo yo estaba ahí. Mi interés la ayudó a desahogarse. Me dijo (entonces o después, da igual) que el tal Fernando, al principio, se la llevaba a vivir con él por temporadas a un bulincito que le puso, bien apartado, en los intervalos que él podía dedicarle. Alegaba estar separándose de su primera mujer, con la que tenía dos chicos. No pensaba separarse. La manceba adolescente era su propia fantasía. Era un empresario pudiente del gremio de las carnes. Él y su hermano Julio habían heredado de su padre, famoso matarife, una firma muy conocida en la zona: Albarracín e hijos. "Árabes -prejuzgué-, machismo asegurado". La idea de este cuarentón reblandecido aprovechándose de una adolescente me irritó. Patrón feudal con derecho de pernada. Maira me explicó (ese día creo que no, pero sí después, en otras charlas) que su madre consintió todo el asunto por los beneficios económicos. Juan, el padrastro de Maira, trabajaba en el frigorífico de la empresa y gozó de ascensos y prebendas.

-Fernando me conoció a través de mi padrastro. Eran amigos. Venía a comer asados a nuestra casa. Te imaginás que eso era una gran distinción -gesto de comillas- para la familia. Pero Fernando me dijo que sólo se acercaba porque me había echado el ojo.

Me contó (entonces o después, da lo mismo) que de entrada la relación fue enfermiza. Fernando se obsesionaba con ella. Como pasa a los hombres mayores que se metejonean con pendejitas, vivía temiendo que ella conociera a un tipo más joven. Aunque Maira era buena estudiante, no la dejó continuar una carrera. También la hizo abandonar el patinaje artístico que ella practicaba desde chica. De ese deporte provenía la gracia de sus movimientos y la esbelta agilidad de su figura. Me dijo que era muy buena patinadora, que incluso su entrenador la había presentado en campeonatos y exhibiciones, pero debió renunciar a todo, ya que Fernando la celaba con ese hombre y no dejó de hacer escenas hasta salirse con la suya. Imaginé a la adolescente sin padre, manipulada por el tipo maduro, moldeada lenta pero sistemáticamente en cada conversación, beso, enojo o cogida, hasta lavarle el cerebro, aprovechando su fragilidad, su carácter en formación, su inexperiencia. Sin conocerlo, ese turco me parecía ya un redomado hijo de puta.

Así había comenzado a sojuzgarla. Pero, a la vez que dominador, fue dominado. Con el tiempo le fue cada vez más insoportable la idea de separarse de ella. No saber qué hacía ella cuando él no estaba lo ratoneaba hasta enloquecerlo. La vida sin ella era un páramo. No podía imaginarse a sí mismo sin morder sus labios, sus pezones. ¿Cómo lo sé? Es obvio, ¿no? Lo sé perfectamente.

La calentura es una trampa mortal para un tipo a cierta edad. Aunque no seas tan mayor, ya te empieza a parecer que ronda la guadaña. La juventud de ella te hace sentir más viejo. Pensás que así recuperás tus años, pero te das cuenta de tu obsolescencia. Te devora la desesperación por vivir antes de que sea tarde.

Él creía que la tenía en su poder. Y cuanto más la poseía, más se esclavizaba. Al fin dejó todo por ella. Se divorció, olvidó sus hijos, se peleó con el hermano durante un largo tiempo. Y fue feliz. Hubo años en los que realmente fue feliz. ¡No sabés hasta qué punto lo comprendo!

Pero entonces, según Maira, los celos de él crecieron hasta lo imposible. Las más ridículas sospechas. ¡Había hablado con un vendedor! ¡Le había sonreído a un viejo conocido de sus padres! ¡La llamó un antiguo compañero de escuela! ¡Se cruzó con el ex entrenador de patín! Todo terminaba en escándalo. Maira no sabía cómo hacer para prevenir su paranoia. Cuanto más lo intentaba, más sospechosa parecía. Un día comenzaron los golpes.

Esto Maira no me lo dijo. Esto lo supe esa vez que descubrí los moretones en la espalda, en el hotel. Ella se descuidó. No sabía que todavía eran visibles. La media luz no dejaba verlos. Pero yo creí distinguir unas manchas mientras la cabalgaba tomándola del pelo como si fuera una crin. Me encantaba mirar su espalda tan perfecta, sus omóplatos trapezoidales y menudos, sus flancos firmemente contorneados. Mientras me la garchaba por atrás, tomaba sus caderas con ambas manos. A veces también tiraba de su cabello, aferrándolo con la mano derecha a la altura del cuello. Y miraba su espalda con devoción. Pero nunca había visto marcas. Entonces las vi, o mejor dicho entreví. Sin darle tiempo, encendí la luz. Y allí estaban los golpes. En esa espalda que yo amaba tanto. Lo recuerdo bien.

Pero todo esto ocurriría más tarde. Lo que sí supe de entrada es que me gustaba demasiado. Me gustaba más que cualquier otra mujer. Ni Ana me había gustado nunca tanto, a pesar de ser la madre de mis hijos. La deseaba. Era imposible que ella no se diera cuenta. Y también supe que yo le gustaba. No sólo porque lo intuí en la calle, cuando me miró y se sonrió. No sólo porque aceptó tomar aquel café. Supe que le gustaba porque había algo en sus ojos, un destello de afinidad, que no podía ser equívoco. Por momentos parecía también nerviosa, insegura. Era una muestra más de que yo le gustaba. Cuando nos separamos, después de intercambiar mails –con la expresa intención de comunicarnos sólo por ese medio, porque ella aún vivía bajo el mismo techo de su marido y éste tenía la desagradable costumbre de revisarle las llamadas y mensajes del celular–, me tocó ligeramente la espalda al saludarla. En ese gesto reconocí el afecto. Desde entonces empecé a delirar. Y no dejé de hacerlo nunca más. Hasta que la amarga realidad me arrojó en este basural.

¿Podés entenderme? ¿Es posible que en el origen de toda esta desgracia se encuentre algo tan simple como el amor? ¿Puede ser que una pesadilla brote de un sentimiento natural? No sé. Pero esa tarde al volver de La Plata no tenía más que ideas de felicidad y benevolencia. Casi no podía dar crédito a mi fortuna. Era increíble que una mujer tan hermosa e interesante me hubiera abierto una ventana a su vida. Era la mujer más hermosa que había tratado nunca. En tres ocasiones había hecho levantes callejeros, pero jamás a una diosa semejante. No dejaba de pensar en los modos de volverla a contactar lo antes posible.

¿Qué te puedo decir? ¿Que se volvió una obsesión? ¿Que no pasaba momento vacío del día en que no acudiera a mis pensamientos? No voy a aburrirte con el relato de mis vulgares ansiedades de enamorado, ni de los encuentros furtivos, siempre más prolongados de lo previsto, ni de mis frecuentes viajes a La Plata sin juicio de por medio para justificarlos. Los recuerdos vienen en tropel. Por ejemplo, aquella vez que nos escondimos en Punta Lara. La playa amplia y desierta en día de semana, el aire decadente de pueblo vacacional fuera de temporada y venido a menos, el viento del río interminable trayendo una suerte de aroma ultramarino, los buques de gran calado en el horizonte, un grupo de pibes haciendo windsurf en las cercanías, y nosotros paseando, conversando, lejos de todo, despreocupados, pues sólo en lugares desolados como aquel ella parecía sentirse a salvo de toda vigilancia. El viento revolvía despiadadamente su cabellera, y eso la tornaba aún más sensual. La tomé de la mano e intenté besarla. Se resistió. La abracé, noté que temblaba. Le pregunté si tenía frío.

-Estoy nerviosa.

-¿Cómo nerviosa?

-Nunca estuve con otro hombre, Julián.

Sí, ya sé. Reíte. Tratá de pensarlo como yo entonces. Fernando debía ser quien la había iniciado. Tal vez habría tenido algún noviecito antes. Después, control absoluto. Aquella revelación era equiparable a una virginidad. Siempre hay algo de virginidad en la primera infidelidad. No me pareció descabellado que una mujer así no hubiese tenido otros hombres. Tendemos a pensar, a veces sin razón, que las mujeres muy deseables deben tener también muchas experiencias. Conocí mujeres que inspiraban temor a los hombres por su belleza imponente y eran, sin embargo, tímidas e inexpertas en la intimidad. La abracé un largo rato hasta sentir que se calmaba. Le dije:

-Ahora estás tranquila. ¿Puedo besarte?

Así fue cómo la besé por primera vez. Gloria absoluta. Un beso muy postergado se convierte en sí mismo en un acto de consumación. Desde ese día quedó sellada entre nosotros una alianza inconmovible. Ni siquiera hacer el amor fue tan importante como aquel primer beso.

Nos comunicábamos largamente por mails y así concertábamos nuestros encuentros. Como te dije, decidimos de entrada no usar teléfonos ni celulares. No sólo a ella, también a mí me convenía. El celular es un peligroso delator. Yo tenía una cuenta secreta de correo, que usaba en mis infidelidades. Maira también usaba una cuenta de cuya existencia su marido no tenía la menor idea. Incluso, para prevenir posibles rastreos informáticos de su paranoico cónyuge, ella nunca la abría desde su domicilio o celular. Iba a un locutorio. Como te darás cuenta, todo esto fue muy importante después del asesinato, cuando la investigación criminal se ocupó de los cruces de llamadas y de los correos electrónicos. Ni una sola llamada al celular o al teléfono de Maira, ni un solo correo, me vinculaban con ella. Está claro que no fue planeado con ese fin. Pero resultó providencial.

Nuestro primer encuentro amoroso. No hay detalle que no olvide de ese cuarto de un telo perdido en el camino Centenario. No puedo olvidar el deslumbramiento de su desnudez. La belleza de su cuerpo maduro y, no obstante, aniñado. La tersura de su piel que se erizaba con mi caricia. Los pechos pequeños y parados. La curva exacta de su vientre. Su ombligo. ¿Cómo puedo explicarte la perfección de su ombligo? Muchas veces, al hacerle el amor desde atrás, yo sostenía su vientre con una mano sin otra finalidad que introducir la punta de un dedo en el ombligo. Era un hoyo diminuto y redondo, una obra de arte en sí misma. Ella tenía las piernas largas y moldeadas de deportista y los pies quizás un poco grandes, pero bien formados. Me encantaba besarlos. Dedicaba largos minutos a besarle las plantas de los pies, las yemas carnosas de los dedos una a una, los tobillos graciosos, infantiles. Pero había algo que lo superaba todo y era su pubis tímido, sombreado por un vello muy fino. Me encantaba mirarla cuando ella descansaba de costado en la cama, con el pubis apretado entre las piernas. Me encantaba sepultarme en su vientre y aspirar su fragancia. No hay palabras para describir el placer y la excitación que hallaba en besar su sexo minucioso, de sabor delicadísimo, que se humedecía al roce de mi lengua. Yo estaba enamorado de toda su persona, pero tenía un fetiche con su pubis, con su clítoris asustadizo, su vagina pequeña, el enervante licor que prodigaba a mi boca y que yo bebía como adicto, hasta trastornarme por completo.

Cuando comenzamos a amarnos, su actitud en la cama era por completo pasiva. Se abandonaba a mis morosas caricias. Su piel fina, extremadamente sensible, respondía trémula. Yo pensaba que había en ella toda una sensualidad inexplorada. Venciendo poco a poco sus pudores, logré que me consintiera mayores audacias. Ella cerraba los ojos y parecía concentrarse en sus sensaciones. Sólo un suave, casi imperceptible gemido se escapaba a veces de sus labios. Pero todo su cuerpo, toda su piel, se agitaba involuntariamente de goces.

No hay momento más excitante en una relación que el de la exploración mutua. Al principio era yo quien la recorría. Ella sólo se entregaba. Su cuerpo era un mundo, y me pertenecía.

Nos encontrábamos a escondidas todas las semanas. En ocasiones, más de una vez por semana. Ella no se animaba a más y yo no tenía excusas ni tiempo para más escapadas. Su paranoia no disminuía. Me parecía inconcebible que siguiera dominada por un miedo pánico a su marido, de quien se estaba separando. Era también un despropósito para mí que continuaran viviendo bajo el mismo techo en su hermosa casa de tejas coloniales en City Bell, antigua pero bien conservada, que se elevaba en el centro de un amplio terreno de un cuarto de manzana, lleno de árboles y senderos sombreados, macizos de flores y ligustros, con una pequeña piscina. Era una casa linda y tranquila, no ostentosa. No parecía la casa de un empresario. Semioculta, apenas se la divisaba desde la calle. Incluso la calle era poco transitable, de tierra, bordeada de zanjas, como muchas calles de ese barrio, deliberadamente sin asfaltar. Me dicen que ahora han asfaltado, pero entonces era de tierra y los vecinos no querían el asfalto. El canto de los pájaros y el silencio creaban un clima campestre a minutos de la ciudad. A veces hasta se veía alguna liebre. La casa estaba custodiada por un alto cerco perimetral y enorme portón.

Pensá que en esa época no había llegado hasta allí la locura de las rejas de hierro y los alambres de púa. Pasé más de una vez frente a la casa para espiar con discreción. Yo comprendía que ella no tuviera otro lugar donde vivir, pero me parecía muy poco aceptable tal convivencia contranatura con el hombre a quien ella tanto temía. No sospeché que hubiera otro tipo de situación de por medio. Alguna que otra vez le pregunté cómo iban sus trámites de separación. Su respuesta era que la abogada intentaba llegar a un acuerdo integral de divorcio y bienes sin sumergirse en un litigio. Las tratativas se prolongaban. No me creí autorizado a indagar más.

Me era francamente trasmano viajar hasta La Plata. Pero Maira nunca quería salir de allí. Más de una vez quise llevarla a Buenos Aires. Dado su temor a ser descubierta o vigilada, lo lógico hubiera sido que prefiriese mi propuesta. Pero no era así. Maira no sabía manejar ni tenía vehículo. Típica situación de mujer dominada por un marido celoso. Y no quería ausentarse prolongadamente para evitar tener que dar explicaciones. Esto me irritaba. Sé que no es fácil romper con años de sometimiento, y no la presionaba demasiado, aunque me hacía rabiar su docilidad.

En unas pocas semanas habíamos recorrido todos los telos de La Plata, alrededores y ciudades satélites. Fue entonces que descubrí los moretones. Ella pareció muy confusa cuando le pedí que me explicara aquello. Rompió a llorar.

-Creí que ya no tenía nada- se disculpó-. Esto pasó hace varios días.

-¿Qué pasó?-, pregunté, intentando contenerme.

-Nada. No fue nada importante. Una discusión. Esa tarde tuvimos una cita con mi abogada. A la noche volvimos a discutir.

Después de un largo interrogatorio logré que me contara que el muy turro no sólo la había golpeado sino también había llegado al extremo de ponerle una pistola nueve milímetros en la cabeza. Él guardaba el arma en la casa, supuestamente para defensa personal. Estaba registrada y nunca la sacaba de allí. Me indigné. Le insistí en que hiciera la denuncia por violencia familiar. Incluso me ofrecí a asistirla o hablar con su letrada.

Ella aseguró que la denuncia estaba en curso, aunque no le creí. También le dije que debía obtener de inmediato una exclusión del hogar. Según ella, todo eso estaba en camino. Le pedí el teléfono de su abogada y me lo negó terminantemente. Tampoco quiso darme su nombre. "¿Vos estás loco? No quiero que te involucres en esto". Pero yo ya estaba más que involucrado.

La siguiente vez que nos encontramos Maira se mostró más paranoica que de costumbre. Adoptó mil recaudos para asegurarse de que nadie la estaba siguiendo. Adujo que, según su abogada, debía evitar a toda costa ser sorprendida en una actitud comprometedora, pues era posible que el divorcio fuera litigioso. Tené presente que todo esto fue muchísimo tiempo antes de la reforma del Código Civil. También me dijo que estaba buscando trabajo ya que debía asegurarse un medio de vida independiente. No me dio respuestas satisfactorias sobre el estado de la exclusión del hogar. Después de hacer el amor se puso a llorar.

-Tengo mucho miedo. Me va a matar, me lo dijo.

Yo insistí en que debía sacarlo de la casa. Empezaba a enfurecerme. Le dije que, si su problema era la falta de medios económicos para sobrellevar los primeros tiempos de la separación, yo podía ayudarla. Negó con la cabeza. Dijo:

-De verdad es capaz de matarme. Ya sospecha algo de nosotros. Tengo miedo de que nos descubra.

Por un momento pensé que era una excusa para dejar de verme. Con rabia dije: "Hay hijos de puta que merecen que los maten." No debí ponerlo en palabras. Hay algo que se rompe cuando ponemos en palabras lo que mejor sería seguir ocultando. Y mucho menos debí contarle lo del caso Amadeo. Pero como dije, ya estaba más que involucrado.

Las veces que me encamé con mujeres casadas, lo que menos quise fue conocer al esposo. Ni de vista. Después de aquella charla, me hice el estúpido propósito de comprobar en persona cómo era el turco verdugo.

La siguiente vez que debía encontrarme con Maira fui muy temprano a La Plata. Estacioné a una cuadra de su casa y esperé. A eso de las ocho lo vi salir en un automóvil mediano, común.

El tipo tenía la filosofía de no querer llamar la atención ni con la casa ni con el auto. Pasó a mi lado y pude verle la cara. Era un cincuentón delgado, de facciones regulares y cabello casi completamente canoso. Tenía cierta pinta. No tenía, como yo creí en mi prejuicio, aire turco. Después supe que la ascendencia era muy remota. La expresión de su cara era enfurruñada. Me pareció un hombre violento y amargado, pero no puedo asegurar que esa impresión no se debía a la idea que ya me había formado de él. Conducía sumido en sus pensamientos.

Lo vi una segunda vez, de manera inesperada. Parecía una de esas casualidades locas. Como descreo de casualidades, me generó un alto grado de temor y suspicacia. Ocurrió a los tres o cuatro días y en un lugar totalmente alejado de su radio de acción. En los tribunales federales de Comodoro Pi. Yo estaba allí tomando un café en la cafetería del entrepiso, que, como sabés, resulta muy incómoda. Perdía tiempo en espera de una audiencia, cuando Fernando entró al mismo lugar. Casi me atraganto al reconocerlo. No atiné a pensar que podía haber concurrido por alguna causa federal vinculada a sus actividades comerciales, contrabando, defraudación al fisco, etcétera. Lo que pensé es que se presentaba allí deliberadamente, para encararme o intimidarme. Ni me miró. Se sentó casi a mi lado y se puso a hablar con un hombre que lo acompañaba, desmesuradamente gordo. Permitíme que te describa a este segundo sujeto, ya que terminaría siendo decisivo en esta tragedia vulgar.

El gordo era algo más que un gordo. Era un mastodonte. Alto, pesado en sus movimientos, gran barriga. Ni siquiera intentó sentarse en un banquito que difícilmente hubiera aguantado su peso. Ocupaba todo el paso. Resoplaba y parecía ahogarse debido a la gordura. Su voz era espesa y entrecortada. Su cabeza, enorme. Lo más notable era su frente cargada, maciza como un muro, que echaba una sombra a sus ojos enterrados debajo. Perpetuo sudor ornaba a aquella pared facial. Recuerdo que tenía un arito en una oreja, lo que le daba un aire aún más extravagante. Era unos pocos años menor que Fernando y tenía el cabello corto y entrecano. Si Maira no me hubiera dicho más tarde, al describírselo, que se trataba de su hermano Julio, nunca habría sospechado parentesco.

El gordo resultaba temible. Yo debía salir de mi rincón para ir a la audiencia, pero no me atrevía a pedirle permiso para pasar a su lado. No quería dirigirles la palabra por motivo alguno. Oí que hablaban de no sé qué juicio y del abogado que no se estaba comportando correctamente con ellos. No supe si era una conversación real: sospeché que estaban simulando. Llegué sobre la hora a la audiencia, pero no me moví hasta que se levantaron y se fueron.

Unos días más tarde, al entrar en el Colegio de Abogados, una de las empleadas me dijo que un señor muy gordo había estado preguntando por mí y pidiendo mi teléfono. Tuve la ocurrencia de que sería aquel sujeto y empecé a perseguirme, a pesar de lo absurdo de que Julio Albarracín se ocupara en persona de semejante intimidación. Por supuesto, después resultó ser un colega obeso el que me buscaba. La paranoia se me había contagiado.

No recuerdo ahora el motivo por el cual cometí la imprudencia de comentarle a Maira el caso Amadeo. Fue una de esas tardes de telo movido en La Plata, mientras descansábamos entre cogida y cogida. Ella había cambiado su actitud en la cama. Se mostraba ahora más atrevida. Nuestro sexo había ingresado en una nueva etapa. Todavía, sin embargo, no me había mostrado ni el uno por ciento de su potencial. Todavía no habíamos iniciado el tortuoso camino de perversiones que recorreríamos más tarde con prolijidad y delectación. El disparador fueron sus lamentos y temores habituales ante el marido. Una nueva amenaza con arma que ella refirió, si mal no recuerdo, me hizo evocar el caso. Creo que en realidad yo sólo quería alardear con mi actitud cínica al narrarle las circunstancias escabrosas. Habían pasado muchos años y mis revelaciones ya no podían afectar a nadie. Al menos eso creí.

El caso Amadeo fue uno de los primeros en que me interioricé prácticamente de los mecanismos del proceso penal. Yo era joven e impresionable. Trabajaba en la zona norte, en el estudio del Dr. Enrique Dominguez, quien me tenía gran confianza, tanta como para darme intervención en una actuación que, por cierto, excedió lo profesional y estuvo reñida con la ley.

La prima hermana del Dr. Dominguez, Nora de Amadeo, estaba casada con un terrible cabrón. Había empezado a separarse. El tipo le pegaba y la perseguía. En aquella época todavía no se le daba mucha importancia a la violencia doméstica. Los tiempos cambiaron.

Nora estaba podrida del tipo. Pretendía rehacer su vida. Tenía un amante y no quería renunciar a nada ni hacer concesión alguna de bienes. Decía que tenía miedo de su esposo, pero en realidad no le temía a nada. Siempre pensé que era una psicópata.

Ya estaban separados y ella vivía sola en el asiento del hogar conyugal. Tenían un hijo que en esos días estaba de visita en casa de los abuelos. El miércoles su marido la llamó para hostigarla y amenazarla. Ella se mostró conciliadora. Le dijo que, ya que estaba sola, lo esperaba a la noche siguiente para hablar y arreglar las cosas. También le dijo que viniera tarde porque iba a ir al cine con una amiga. Tal vez el señor Amadeo pensó que deseaba reconciliarse, pasar la noche con él. No sospechó.

El jueves cerca de medianoche el señor Amadeo llamó a la puerta de su antiguo hogar y Nora lo hizo pasar enseguida. Se mostró gentil, le sirvió un wisky, lo condujo a la cocina que estaba en la parte de atrás. Le dijo que tenía miedo porque había escuchado ruidos en el fondo. El señor Amadeo salió a echar un vistazo al patio trasero y no vio nada. Cuando estaba regresando, con la mano en el picaporte de la puerta que daba al patio, Nora lo esperaba con un 38. Le descerrajó un tiro que le dio en el cuello. El señor Amadeo, ahogándose con su propia sangre, trastabilló y cruzó toda la casa tratando de ganar la calle. Quedó tendido sobre un charco en el living, agonizando. Todavía no se había muerto cuando ella llamó a su primo abogado y lo puso al tanto de la situación. Por supuesto, no dijo que lo había citado premeditadamente, aunque esto lo supo el Dr. Domínguez tiempo después. Dominguez era un viejo abogado muy experto en estos casos. Además, conocía muy bien aquella casa y sabía que el señor Amadeo no tenía llaves porque ella había cambiado la cerradura para evitar su ingreso. Constaba una denuncia previa de Nora contra el señor Amadeo por haber entrado a la casa sin su consentimiento y haberle revisado y sustraído efectos personales. No tardó más que unos instantes en armar la estrategia. Le dijo que borrara todas las huellas digitales del señor Amadeo de la puerta principal, el vaso de wisky, etc. Todo, menos las huellas del picaporte de la puerta trasera. Le dijo que rompiera el vidrio de esa puerta desde afuera hacia adentro de modo que cayesen los pedazos en la cocina. Le dijo que sacara al muerto sus zapatos, se los pusiera ella, caminara por el jardín desde la calle cuidando especialmente pisar el barro, ingresara al fondo por el pasillo lateral de la casa, entrara a la cocina por la puerta trasera, asegurándose de dejar huellas barrosas en el piso de ésta, y luego volviera a poner los zapatos al muerto limpiando sus huellas digitales. Le dijo que finalmente llamara a la policía simulando estar desesperada. La historia que debía contar era que esa noche estaba yéndose a dormir y con las luces apagadas cuando oyó desde el dormitorio la rotura del vidrio de la puerta de la cocina. Asustada, se levantó con el revolver que tenía en su casa, pensando que podía tratarse de ladrones. Al llegar a la cocina observó a contraluz del farol del patio la silueta de un hombre que acababa de correr el pasador de la puerta trasera y estaba entrando por ella. Le disparó y sólo supo después que había herido a su esposo.

Por forzada que pareciera la historia, funcionó. No había testigos. Era sólo su palabra. Nadie sabía que ella lo había invitado a la casa. Este era el punto más peligroso: no podía saberse si él se lo había contado a algún amigo. Pero resultó que no. Ningún vecino había observado nada. Tres oyeron el disparo, pero no pudieron precisar con exactitud la hora. La policía tardó en arribar, y cuando vino ya estaba llegando el Dr. Domínguez para corregir cualquier falla de la historia y asistir a su prima. Ella hizo una muy buena actuación de mujer shokeada. El levantamiento de rastros confirmó a grandes rasgos su versión. Además, pudo corroborarse que existía temor en el vecindario por una ola de robos reciente. Llamó la atención que la puerta reja del pasillo estuviera abierta y no cerrada con llave y tampoco se hallaron huellas digitales del muerto en la reja de calle, que debían estar allí si él había saltado para entrar. Sin embargo, la acusación de homicidio calificado no pudo prosperar y la causa se cerró sin mayores dificultades, pese a las sospechas de la policía y el propio Juez.

Me tocó intervenir en todas las diligencias, acompañando a Domínguez, y quedé muy impresionado a causa de mi juventud e inexperiencia. Nora de Amadeo estaba muy agradecida por la manera expeditiva y brillante con que su primo le salvó el pescuezo y era una invitada frecuente a las fiestas y actividades sociales que el Dr. Domínguez acostumbraba a dar en su casa. Cuando yo la encontraba allí me asombraba de verla tan natural y fresca habiendo cometido un despiadado y frío asesinato. Recordaba al marido desangrado en el piso de aquella casa, en la que ella siguió viviendo como si nada, y me daban ganas de vomitar con sólo mirarla.

Esta es la historia que imprudentemente conté a Maira mientras fumaba un cigarrillo en la cama de un albergue transitorio. De momento ella no hizo ningún comentario. Poco después se acurrucó contra mi pecho. Comenzó a acariciarme. Insólitamente para su habitual pasividad, se montó sobre mí y me garchó. Su cabello me caía sobre el rostro mientras me clavaba las uñas en el pecho. Estaba muy excitada. Me incorporé para besarle las tetas pequeñas y aproveché su inexplicable excitación para meterle la punta de un dedo en el culo. Esto la hizo gritar y alcanzar violentamente el orgasmo. Agotada, se echó sobre mí. Luego de un rato me murmuró en el oído con voz ronca y aún excitada:

-¡Cómo me gustaría hacerlo mierda, igual que hizo esa mujer!

-Para eso hay que ser un psicópata como ella-, le respondí.

-Ayudame-, murmuró.

No sé por qué aquella voz suplicante en mi oído volvió a excitarme. Sentí una erección. Me reí, aunque había llegado a percibir que distaba de ser una broma.

-No soy tan viejo como para no importarme ir preso-, le respondí.

Ella comenzó a besarme el cuello y el pecho. Nunca se había mostrado así conmigo. Tuve la vaga sospecha de que su anterior pasividad no había sido más que una pose. Pero no quería pensar en nada. Estaba en el paraíso, y cuando uno está allí no conviene pensar, sólo gozar.

-Ella no fue presa, ¿no?-, musitó.

-Soy abogado, no asesino-, le dije mientras Maira me metía la lengua en la oreja.

-¿Ni siquiera por mí?-, dijo con su voz más insinuante.

Otra vez la eludí riendo.

-¿Entonces tendré que encamarme con algún delincuente?-, preguntó maliciosa.

-Puedo presentarte a más de uno-, le dije, simulando todavía tomarla a broma.

Ella se incorporó y advertí en su cara cierta ferocidad. Me miró con una lujuria desconocida. Se inclinó sobre mi pecho y empezó a lamerme. De pronto me mordió muy fuerte. Quise sacármela de encima, pero ella se aferró a mí y apretó los dientes. Instintivamente la empujé y cayó de la cama. Me miré el pecho. La sangre me brotaba.

-Estás loca, me arrancaste un pedazo. ¿Qué te pasa?

Ella se levantó del suelo y su expresión lujuriosa era aún mayor. Se relamió.

-Pobrecito-, dijo-. Dejame que te cure.

Se acercó a mí con movimientos gatunos, y empujándome para que volviera a recostarme, empezó a lamer mi herida. Sentí el ardor de su saliva sobre la carne viva y ella me chistó para que no me quejara. Era otra mujer. Su actitud dominadora me desconcertó sin dejar de excitarme.

-Qué salada- se relamió-. Quiero alimentarme de vos. ¿Me dejás?

Empezó a succionarme la herida. El dolor y el placer eran casi insoportables.

-¿Te duele?- dijo. Asentí. Sonrió con maldad. -Ahora imagínate cómo me duele a mí cuando él me pega.

No puedo seguir describiendo lo que fue aquella tarde

de locura en el hotel. Empezaba a asomarme a un mundo de perversiones extrañas. Adictivas. Ella me vampirizó. De vez en cuando me besaba en los labios con la boca sanguinolenta. Tenía una mirada muy extraña. Nos quedamos otro turno y llegué tarde a casa.

Las cosas ya estaban mal con Ana. Pero ella no acostumbraba a preguntarme de dónde venía yo. Sin embargo, en cuanto entré en casa noté un ambiente extraño. Ella tenía una expresión perturbada y los chicos no estaban a la vista.

-¿Dónde estuviste?-, me dijo de sopetón.

-Trabajando.

-¿Trabajando en La Plata por casualidad?

Me puse en alerta. Ana se abalanzó sobre mí para pegarme. La detuve y forcejeamos.

-Hijo de puta, quién es Maira.

Quedé estupefacto. Le dije que no sabía de qué hablaba. Me insultó. Dijo que esa tarde la habían llamado para ponerla sobre aviso. Estaba acorralado. Traté de que bajara el tono de voz invocando a los chicos. Me dijo que los había mandado de su madre a propósito.

-No quiero que vean todavía lo mierda que es el padre.

Me contó que la había llamado un desconocido que se presentó como Fernando. Que éste había conseguido mi teléfono en el Colegio de Abogados. Que hacía un tiempo había descubierto que yo me encamaba con la mujer. Que esa tarde estaba cogiendo con ella en tal hotel, con pelos y señales. Que Fernando nos venía siguiendo desde hacía rato. Que no quería perjudicarla a Ana, pero ella debía saber que su marido era un hijo de puta. Que, así como la cagaba a Ana, le estaba arruinando el matrimonio a él. Que llamaba para defender su matrimonio. Que era preferible hacer eso que meterme un tiro en la cabeza, como al principio había pensado. Etcétera.

No te voy a aburrir con lo que pasó después. Se pudrió todo. Eso fue lo que desencadenó mi divorcio. Un divorcio bastante desastroso. Los chicos pagaron el precio de los errores de los adultos, como siempre. Estuve indignado y abatido durante un tiempo. Quería matar de veras a Fernando. Alquilé a las apuradas un departamento. Se me armó un quilombo con el laburo. En medio de esta crisis, no podía renunciar a Maira. Durante unos días no la pude ubicar, ni ella me mandó mensajes. Pasaron diez días hasta que logré establecer contacto por mail.

Maira había obtenido por fin una orden judicial de exclusión del hogar. Fernando ya no estaba en su casa. Pero esta orden no obedecía a la acción judicial que ella me había asegurado haber hecho y que en realidad nunca hizo. Esta orden había sido dada a raíz de la terrible paliza que Maira sufrió esa misma noche en que yo peleaba con mi mujer. Fernando la había agarrado a los trompazos, y hasta le había volado un diente, arruinando su perfecta dentadura. Ella terminó en una unidad sanitaria. Un Tribunal de Familia dispuso la restricción de acercamiento para el cabrón.

No puedo describirte mis emociones al ver a Maira después de la paliza. Todavía estaba un poco desfigurada. Cuando advertí que le faltaba un diente pegué un puñetazo a una pared.

-Un diente se reemplaza- dijo ella-. La vida no. Y yo sé que él me va a matar. O te va a matar a vos. Nunca nos va a dejar tranquilos. Es él o nosotros, ¿entendés ahora?

CAPITULO DOS

A esta altura de la historia, la campana de alarma debió haber sonado no menos de diez veces en la región de mi cerebro donde se asienta el sentido común. No quise escucharla. Un mínimo instinto de conservación me aconsejaba alejarme. Pero yo ya me había entregado gozosamente al vértigo alucinado de la caída libre.

Porque, la verdad, ¿qué sentido tenía cometer un crimen? Para mí, ninguno. No obtenía beneficios de esto: sólo riesgos innecesarios y amenazas concretas de daños futuros. Tampoco era racional desde el punto de vista de los intereses de Maira. Con un mediano acuerdo de bienes el divorcio era la salida razonable. Y las cartas la favorecían, después de las denuncias y violencias sufridas.

El argumento del miedo a represalias tenía cierto peso. La posibilidad de que Fernando, celópata obsesivo, se vengara irreparablemente contra ella o contra mí -por algo ocurren los femicidios- no ameritaba, sin embargo, una acción preventiva de naturaleza tan drástica como la que Maira se traía entre manos.

¿Entonces? ¡Si sólo se cometieran crímenes por móviles racionales, con medios racionales, las cárceles estarían vacías! Un crimen no es otra cosa que el triunfo de la irracionalidad. Es la irracionalidad puesta en acto, aun cuando su planificación y ejecución parezcan racionales.

Uno puede sostener que detrás de muchos crímenes existen motivos fundados, sino racionales, al menos humanamente comprensibles. Pero debo confesarte que durante muchos años tuve una extraña manía: coleccionar recortes de la sección de policiales sobre crímenes curiosos. No tenía nada que ver con la formación profesional. Era un pasatiempo, una curiosidad mía, un malevolente interés por ese aspecto tortuoso de la naturaleza humana. Me detenía en cierto tipo crímenes de irracionalidad rayana en la idiotez. Hay una cantidad considerable de hechos que no son más que la puesta en escena de una irrefrenable fantasía.

La gente vive de fantasías. Tiene la cabeza llena de esa mierda, alimentada y multiplicada por las publicidades, las redes, la televisión y el cine. En el ideario de felicidades de la sociedad de masas, los estereotipos abundan. Y la gente quiere vivir de acuerdo con ellos, quiere experimentar la fantasía pergeñada por algún "bocho" de una agencia de publicidad o por un guionista astuto. Los casos más conocidos de realización de fantasías mediante el crimen son los delitos sexuales. Una fantasía de sometimiento, esclavización, humillación o seducción arrastra al criminal sexual a transgredir los límites. Pero no son los únicos casos. A veces, locas fantasías de proyección social, de reconocimiento, de status, de romanticismo, de gozar de la playa blanca, el mar caribe y las palmeras (por citar uno de esos estúpidos, pero enormemente difundidos estereotipos), pueden ser móviles eficientes de las acciones más desatinadas.

Recuerdo el caso del joven gendarme en Villa La Angostura. El tipo estaba destinado allá, en ese lugar paradisíaco que hace algunos años era mucho más elitista que ahora. Admiraba y envidiaba a los vecinos ricachones, discriminadores y ligeramente nazis, con sus mansiones y sus fiestas, y sobre todo sus magníficos cochazos. Codiciaba a las bellas chicas de cabellera germánica fuera de su alcance. Él era una rata que no podía siquiera pensar en seducirlas a bordo un viejo y desvencijado Fiat. Este caso fue uno de los primeros en llamar mi atención, sobre todo porque conocía a las víctimas, un matrimonio joven, empleados judiciales de Lomas de Zamora, que en la feria se fueron de vacaciones al sur con su auto cero kilómetros. El gendarme les hizo dedo mientras circulaban por el Parque Nacional, como es muy común. Lo levantaron. A los pocos minutos el tipo sacó el arma reglamentaria y los obligó a salir del camino por una huella en el bosque. Los hizo bajar del auto y arrodillarse sobre la hojarasca, entre los árboles.

Les metió un tiro en la cabeza a cada uno con extraordinaria frialdad. Luego se llevó el auto nuevo. Apareció manejándolo por la Villa, haciéndose ver de la gente del lugar, de los ricachones y jovencitas a las que quería seducir. Vivía la fantasía del ascenso social y del auto nuevo. Te imaginás que fue muy fácil atraparlo.

O el otro caso del guía del Cerro Uritorco, en Córdoba. Un pendejo de veintitantos años. Su fantasía era la noche romántica en la cueva. Llevaba grupos a recorrer el cerro y se imaginaba pasando una noche de amor, si era posible al reparo de la lluvia, con alguna de esas deliciosas pendejas en la cueva de la sierra que él tan bien conocía. Un día guió a una parejita. La chica era muy atractiva. Los hizo vagar hasta que perdieran el rumbo para obligarlos a pernoctar en la sierra bajo el cielo encapotado que anunciaba una tempestad. Propuso al novio buscar leña para encender el fuego mientras ella permanecía en la cueva. Aprovechando que se agachaba a recoger un tronco, le partió el cráneo con una piedra. Luego volvió, fingió que lo había perdido en la noche, encendió la fogata y violó a la joven durante toda la noche mientras la lluvia caía. Fantasía realizada. Al día siguiente la guió de nuevo al pueblo, como si tal cosa. Tampoco necesitaron demasiado esfuerzo para meterlo preso.

O el portero del edificio que tiene la perversa fantasía de seducir a esa adolescente vecina que conoce desde niña -la fantasía "Lolita" de un Humprey de fregadero-, y la termina asesinando y descartando dentro de una bolsa de consorcio.

Podría citarte cien casos más como esos. No es el sexo, no es el auto, no es la plata, no es la satisfacción de una necesidad real o la defensa de un interés comprensible lo que lleva tantas veces al crimen. Es la fantasía. El afán de convertir en realidad una película mental que el criminal ha ido desarrollando como guion de una felicidad siempre inasible, siempre ilusoria, que envidia en otros, y cuya posesión supone será la clave mágica para eludir el irreparable tedio de su existencia. Para nadie tienen sentido sus acciones, sólo para él. No se comprende que quiera dañar a otros con un motivo en apariencia tan fútil, ni que apele a medios tan ostensiblemente frágiles para ocultar sus fechorías.

¿Y qué buscaba Maira? ¿Evitar la venganza conyugal? ¿Quedarse con los bienes del marido? ¿O realizar la acariciada fantasía de su eliminación? ¿Era simple manifestación de un odio personal debido a años de sometimientos? ¿O era la expansión de un instinto cruel e inmotivado, un deseo de omnipotencia, una simple y llana fantasía de poder, expresada en el acto límite de poderío que significa suprimir una vida?

Y yo, ¿qué fantasía podía querer realizar en aceptar sus planes? ¿La fantasía del amante redentor? ¿La fantasía del regreso del troglodita que elimina a sus rivales? ¿O la loca fantasía de la caída libre, del dejarme caer y caer en una vorágine de adrenalina, miedo, locura y muerte, un millón de veces más oscuramente excitante, para mí, que el más satisfactorio de los encuentros sexuales?

Algo de precaución conservaba, sin embargo. En medio de mi locura, atiné a telefonear a Ernesto, un viejo amigo de La Plata, colega de larga trayectoria y relaciones, con quien me unía una estrecha confianza. No creo que lo conocieras. Estudió en La Plata y no en la UBA, y era unos años mayor que nosotros. Se me ocurrió pedirle información sobre los Albarracín. Era fanático de Estudiantes y conocía a todos en La Plata y alrededores. Y resultó que también a éstos los conocía. Digo "era" porque el pobre Ernesto, dos semanas después de hablar conmigo, sufrió un accidente en la ruta dos, yendo a la costa, al cruzársele un animal suelto, y murió instantáneamente. Tal vez, si no hubiese muerto, yo jamás habría participado, pues el solo hecho de hablar con él lo constituía en un testigo de cargo de lo que después sucedió, y ello me habría inhibido por completo de actuar. Vos me dirás: "Ya tenías un testigo de cargo en tu ex mujer". Cierto, Ana podía testimoniar que yo conocía a Maira, pero era distinto, era la madre de mis hijos, y además vivíamos en zona sur, no en La Plata; era menos probable que la policía la entrevistara sin un dato previo. Ya ves cómo también el azar juega su papel.

-Son gente muy mentada de esta zona-, me dijo. -Y también jodida.

Como me comentó que al día siguiente él tenía que andar

con trámites por Buenos Aires, lo invité a almorzar conmigo. Aceptó. Nos encontramos por el centro. Pensé no decirle el verdadero motivo de interés e inventar no sé qué litigios de un supuesto cliente con los Albarracín. Pero comprendí que adivinaría mi mentira. Lo mejor era decirle algo parecido a la verdad y obtener así información fidedigna. Cuando le confié que estaba saliendo con la ex mujer de Fernando Albarracín me miró estupefacto.

-No sabés lo que es esta gente-, advirtió. -Son mafia. El padre era un vulgar cuatrero y ellos se hacen llamar empresarios de las carnes.

Le conté lo de la llamada de Fernando a mi esposa y el despelote familiar subsiguiente.

-Es muy extraño- dijo Ernesto meneando la cabeza: -Fernando Albarracín nunca haría algo así.

Le pregunté cómo estaba tan seguro. Ernesto hizo una mueca de impaciencia.

-A ver si me entendés. Son gente pesada. No van a estar haciendo llamaditas a tu esposa. Te hacen cagar a trompadas o a tiros y se acabó. Te pongo un ejemplo. Hace unos años me tocó defender a unos trabajadores de su frigorífico. Uno de ellos era el delegado gremial. Como no lo pudieron comprar, lo despidieron pasándose por las bolas la inmunidad gremial. Al día siguiente de iniciarles juicio, el pobre tipo apareció en el hospital a raíz de una brutal paliza. La esposa vino a mi estudio para explicarme que desistía de la acción. A los otros obreros los indemnizaron, pero a éste no le dieron nada, salvo la paliza, para dejar una lección a todo su personal. El tipo quedó tan asustado que, teniendo el juicio ganado, abandonó. Así es cómo se manejan, no con mariconadas y llamaditas.

Ernesto pensó unos instantes y agregó:

-Te pongo otro ejemplo. Fernando no tiene ni alarma en la casa, ¿comprendés? Nadie lo va a ir a joder, chorear o secuestrar sabiendo quién es él, de qué familia viene, y mucho menos después de lo que pasó.

-¿Lo que pasó con el delegado?-, pregunté sin comprender.

-No, eso no es nada. Lo que pasó en la casa, el tipo que mató en el jardín. ¿Su mujer no te contó?

Ernesto me miró con cierta preocupación. Y yo empecé a pensar que había muchas cosas que Maira no me había contado.

Disimulé la sorpresa y me limité a preguntarle qué había pasado.

-La cosa fue así –prosiguió Ernesto-: tres sujetos se metieron de noche en el jardín, queriendo entrar a su casa. La policía sospechó otros móviles, pero Fernando dijo que habían ido a robarle. El caso es que los cagó a tiros. Uno de ellos fue alcanzado en el corazón y quedó tendido. Los otros huyeron.

-¿Y esto pasó hace cuánto?

-Tres años, calculo.

Ese almuerzo no lo digerí muy bien. No contribuyó a mi digestión la anécdota que me contó Ernesto después:

-El tipo es un celoso –me dijo-. No sé cómo pudiste acercarte a ella, pero no me augura nada bueno. Una vez, tiempo después del caso del delegado, me tocó la desgracia de intervenir en un juicio comercial con esta gente. El abogado de ellos es amigo mío y me propuso una reunión amistosa en la casa paterna de ellos, asado de por medio. Yo fui con mi socio, que es un muchacho joven y fachero. En algún momento, mientras comíamos, apareció la mujer de Fernando y a mi socio se le fueron los ojos y, disculpá que te lo diga, ella le devolvió la mirada. O así me pareció. Y al marido también. Fernando, el loco de mierda ese, al principio se la morfó, pero se puso a cortar el vacío con una cuchilla gigantesca, y en determinado momento dijo: "¿Les parece buena esta carne?" Por supuesto que asentimos. "Nosotros siempre tenemos la mejor carne", dijo, "y eso me recuerda el refrán que tenemos los matarifes". "¿Qué refrán?", pregunté por cortesía. Fernando no me miró a mí sino a mi socio, con una expresión amenazante, y respondió: "Nunca hay que tocar la carne ajena". Y pegó un golpe con la cuchilla en la tabla de cortar que nos hizo saltar a todos. ¡Jajaja, te puedo asegurar que es un hijo de puta! Mi socio no volvió a levantar la vista.

No me pareció gracioso.

Más tarde confirmé el tiroteo en la casa con Maira. Ella tenía una explicación para su silencio anterior. Siempre tenía una explicación.

-¿Entendés ahora por qué le tengo tanto miedo? –me dijo- Yo estaba esa noche. Yo vi cuando mató a ese hombre. Fernando podría haber llamado a la policía cuando se dio cuenta de que entraban en la casa. Pero prefirió empezar a los tiros. Yo vi cómo ese hombre cayó herido y lo dejó morir en el jardín.

Se estremeció de miedo. La miré con desconfianza.

-¿Y no te parece que esa información era importante?

Se lamentó con ojos llorosos:

-. No quería que te asustaras y te alejaras de mí.

Decía mi padre: no hay animal más boludo que el cristiano macho enamorado. No había forma de que yo prestara atención a las clamorosas advertencias que recibía a cada paso. Cuando una voz crítica empezaba a alzarse en mi interior, ya Maira se me prendía del cuello y me arrastraba nuevamente a un telo. Rodábamos en la cama desaforados. Su timidez había quedado muy atrás, en el remoto olvido, y en cambio se entregaba a la más frenética lujuria. Ni mis fantasías más desbocadas podían compararse con esas tardes de destemplada calentura, alevosos mordiscos, vampirismo y sodomía, besos furibundos, arañazos, obscenidades murmuradas al oído y el opiáceo placer del dolor. Al fin de cada encuentro, emergíamos nuevamente al mundo con una mezcla de satisfacción y estupor, con los labios gastados y el deseo intacto. Ella me besaba ardorosamente al separarnos y me dejaba tan caliente como al principio, deseando volver a encontrarla. Toda desconfianza, toda duda, era rápidamente sepultada bajo el alud de mi deseo.

Hubo una sola ocasión en que mi desconfianza pareció prevalecer acicateada por los celos. Fue debido a una escena al principio inexplicable.

A la semana siguiente de estos hechos quedé en encontrarme con Maira a las tres de la tarde en un lugar predeterminado. Pero no vino. Por una prudencia muy sospechosa seguíamos sin comunicarnos telefónicamente. Creo que en el fondo yo sabía muy bien lo que sucedería y deseaba mantener esa conveniente incomunicación. Y ella lo mismo. Era un pacto tácito que desnudaba nuestras malas intenciones, aún no reveladas abiertamente. O quizás sí. Ahora recuerdo que una vez le propuse llamarla al celular y ella me respondió: -No sea cosa que Fernando me haya pinchado la línea. Además, el día que me decida a matarlo no vas a querer que nos vincule un cruce de llamadas –Y agregó con sorna:- ¿O no, doctor?-. Claro que yo fingí una vez más no escucharla.

Volvamos a la cita frustrada. Pensé que ella se había demorado. Pero no fue así. Pasó más de una hora. Consulté mi mail clandestino en un locutorio para ver si había algún aviso de cambio de planes. Nada. En mi ansiedad y calentura me dirigí a su casa y esperé dentro del auto, espiando desde una cuadra de distancia. La impaciencia me devoraba.

Como media hora después un vehículo desconocido se detuvo en la puerta. Yo lo observaba de frente. Vi a Maira en el asiento del acompañante. El conductor hablaba con ella de manera vehemente. No era, obviamente, su marido. Pero también era un hombre canoso. Yo no lo conocía. En determinado momento, parecieron terminar su conversación y se saludaron con un beso que claramente me pareció en la boca.

No puedo exagerarte lo furioso y mortificado que estaba yo. Esperé que el vehículo se retirara y ella entrara a su domicilio. Con toda imprudencia dejé el auto y me dirigí a pie hasta su casa. Era de día, pero por suerte no había nadie en la calle. Nadie me vio. Toqué timbre. El corazón me cabalgaba. Cuando salió a atender, su expresión fue de sorpresa, casi de aprensión.

-¡Julián! Disculpame. Surgió un imprevisto. ¿Por qué viniste acá?

Me hizo pasar con rapidez y mirando en todas direcciones. Después dijo que tenía miedo de que su ex anduviera rondando la zona.

La casa, por dentro, era más grande que lo que parecía. Estaba amoblada con gusto regular, pero era cálida y limpia. Empecé a sentirme incómodo en cuanto entré. Era muy arriesgado estar allí.

-Bueno-, dijo ella con malicia. -No pensaba traerte a este lugar. Pero ya que estás ...

Me metió una mano en las bolas. Yo la aparté con rabia. Le pedí explicaciones por el tipo con el que la había sorprendido. Ella soltó la carcajada.

-¡Era Juan, mi padrastro! Eso te quería explicar.

-¿Besás a tu padrastro en la boca?

-¿Qué? Estás reloco.

La agarré con violencia de los brazos.

-Te estoy hablando en serio. ¿Creés que no te vi?"

Ella dejó de sonreír. Me ordenó que la soltara o iba a gritar. En cuanto se desasió, arrojó un adorno de cerámica al suelo, con furia.

-¡No vuelvas a ponerme una mano encima! -casi gritó-. ¿Te creés que salí de un loco para meterme con otro? Ese tipo era mi padrastro. No lo besé en la boca, infeliz. Lo besé en la cara como a cualquier persona. Vino a buscarme hoy de sorpresa por mi madre. Mi madre tuvo una descompensación y está en una clínica. Ahora ya está bien. Será una porquería, pero es mi madre y fui a verla. ¿Querés llamar para comprobarlo?

Me dejó desconcertado. Comprendí que se me había ido la mano. Empecé a dudar de mis propios ojos. Podía ser, en efecto, que me hubiera parecido que se besaban en la boca. Intenté recomponerme. Ella estaba ahora más tranquila, pero no dejó de remarcar:

-No voy a tolerarte escenas como esta. Ya aguanté demasiado esas locuras. Te quiero, pero la próxima que me hagas esto, no me ves nunca más.

Procuré disculparme. Nos sosegamos y hablamos casi como dos personas normales. Ella me sirvió un café. Husmée su living. Se nos pasó el enojo y sobrevino la calentura. Unos minutos más tarde estábamos cogiendo sobre su cama matrimonial.

Hay algo muy excitante en tener relaciones en el mismo lecho donde tu amante solía coger con su esposo. ¿No te parece? Aquella vez me sucedió. Me calenté sobremanera. Le hice el culo poniéndole bajo el vientre la almohada de su marido. La sodomicé tan despiadadamente que ella lloró y me insultó. Le hice chuparme la pija mirándola por el mismo espejo que usaba Fernando para acicalarse antes de salir a trabajar. Me acosté en el costado de Fernando. Usé su bata. Me duché y enjaboné con su esponja. Y cogí de nuevo a Maira dos veces más antes de dejar aquella habitación y aquella casa. Tanta calentura me había hecho olvidar por completo el incidente.

Mientras me besaba en la puerta, Maira me tocó la entrepierna una vez más. Dijo: -Tenés suerte de que no seamos leones.

-¿Eso qué quiere decir?

-El león nuevo tiene que matar o echar al viejo antes de coger a la leona –explicó-. Pero vos me estás cogiendo sin haber hecho nada para merecerlo. El león viejo todavía anda rondando. No sea cosa que un día regrese y se quede con la leona.

Después de esa vez, no volví a su casa hasta el día del hecho. Restablecimos a nuestras rutinas hoteleras. Sin embargo, me preocupé al conocer su casa por dentro. Dije a Maira que era muy singular que no hubiera alarma. A ella no le faltaba dinero. Su abogada había conseguido algunos acuerdos patrimoniales en apariencia convenientes. Le aconsejé que pusiera una alarma. La semana anterior al hecho, Maira hizo sonar la alarma a propósito tres veces. Acudió un patrullero. Maira dijo a los policías que no sabía por qué había sonado. Recorrieron el terreno y el barrio sin encontrar nada sospechoso. Eso fue también muy conveniente, saltó después en el proceso, y no creo que haya sido casual.

Te juro que no hablamos nada antes del hecho. En todo caso, era un acuerdo tácito. Alguien tenía que tomar la iniciativa de desencadenarlo todo. Fue ella.

El domingo recibí un mail donde me pedía que la fuera a ver. Quería que nos encontráramos a las ocho de la noche en su casa. A esa hora ya estaba oscuro por la época del año. Me pedía que dejara el auto bien lejos, y que me acercara caminando. El portón de calle iba a estar abierto. Nadie debía verme.

Yo sabía, sin hablarlo, que algo iba a suceder. Acaté sus

recomendaciones. Detuve el vehículo en una calle cualquiera, como a diez cuadras de distancia. Había luz artificial, pero no dejaba de ser riesgoso dejar el auto allí, a merced de los ladrones. Sin embargo, un robo automotor no era ciertamente algo que pudiera preocuparme.

Mientras caminaba empezó a hacer frío y humedad. El cielo estaba encapotado. El viento se había detenido y pensé que en cualquier momento se descargaba la tormenta pronosticada por el Servicio Meteorológico.

Al llegar a la esquina de Maira vi a un vecino de enfrente barriendo su puerta y sacando la basura. Seguí caminando para disimular. Cuando llegué a la otra esquina, ya se había metido adentro. Volví. El enorme portón de calle estaba entornado. Ingresé con rapidez. Cuando me acercaba a la puerta del living, esta se abrió. Maira me esperaba a oscuras. Cerró la puerta y me besó ardientemente.

"Vamos a la cama ahora mismo", murmuró muy excitada. Nos enredamos en las sábanas y al acariciarla noté que, en efecto, estaba profusamente mojada.

Mientras cogíamos a oscuras se largó a llover en forma torrencial. Las gotas rebotaban con fuerza en las tejas españolas. Después del segundo orgasmo nos quedamos en silencio en las sombras, oyendo la lluvia y nuestras respiraciones agitadas, nerviosas.

-Hoy te necesito a mi lado-, dijo ella en mi oído. Luego no dijo más. Al rato encendió la pantalla de su celular para mirar la hora. -Todavía falta-, murmuró. Y se echó sobre mi vientre para chuparme la pija.

El celular marcaba casi las veintitrés cuando Maira salió de la cama y se puso una bata. Hice un gesto de levantarme con ella, pero me dijo: -Vos quédate acá. Vestite, pero quédate acá.

Me vestí apresuradamente. El corazón me bombeaba con violencia. Pensé: "Tranquilo. Esto es como saltar del avión. Un primer ahogo y luego todo va bien." Maira encendió luces en la cocina, el living y el frente de la casa. Yo la observaba desde el dormitorio. Me miró y vino hacia mí.

-Quedate acá-, insistió. Me dio un beso. Cambió con rapidez las sábanas y colchas. La ayudé. Luego llevó la ropa sucia al lavadero y la metió en el lavarropas, y lo puso en funcionamiento. Me arrojó unos guantes de látex y una franela.

-Limpiá tus huellas, dijo suave pero firmemente.

Repasé con insistencia todos los objetos que recordaba haber tocado y otros que no había podido tocar en absoluto.

Abrió la puerta del placard y de una caja del estante superior extrajo la nueve milímetros. Mi pulso se aceleró todavía más. Apagó la luz del velador y me dejó en penumbras. Fue al living y yo permanecí observándola desde el dormitorio, por una ranura de la puerta apenas entornada.

Llevábamos largos minutos en el más completo silencio cuando sonó el timbre. Su estridencia nos sobresaltó. Maira, sin mirarme, puso la nueve milímetros en un cajón del modular. Observó por la mirilla. Sacó la traba a la puerta de entrada e hizo girar la llave. Abrió. -Sos vos -dijo-, pasá. La hoja de la puerta de entrada no me permitió ver a quién se dirigían estas palabras. Pero cuando volvió a cerrarla observé desde mi rincón que Fernando estaba de pie junto a Maira y se sacaba una campera empapada. Admiré la frialdad de Maira, porque mi pecho parecía a punto de estallar.

-¿Te mojaste mucho?, preguntó Maira.

-Llueve a cántaros-, respondió él.

-Gracias por venir- dijo ella-. ¿Querés un café, un wisky?

-Un dedo de wisky- pidió Fernando. E inquirió: -¿Por qué me llamaste?

Ya no los veía desde mi posición, pero sí oí el líquido cayendo en el vaso. Pensé: "Hasta este detalle".

Pero Maira no terminó de servir la bebida. Dijo:

-No quiero ir a la cocina a buscarte el hielo. Hubo ruidos en la puerta de atrás.

-El viento- dijo Fernando.

-¿Por qué no te fijás?

Oí los pasos de Fernando hacia la cocina. Llegué a imaginar la mano de Maira abriendo el cajón del modular y empuñando la pistola. Luego los pasos de ella. La voz de Fernando: -¿Qué hacés con eso? Bajá el arma, no hay nadie-. Luego, el disparo.

Oí con claridad el gemido de Fernando y sus pasos vacilantes. Intenté salir del dormitorio, pero estaba paralizado. Maira se asomó desde el living con la nueve en la mano y me dijo:

-¿Vas a venir o no, pelotudo? Me parece que no le di bien.

Ahora sí salí. Hice un enorme esfuerzo para mirar hacia la cocina. Fue horrible. Estoy acostumbrado a ver cadáveres. Alguna vez incluso presencié una autopsia, más por curiosidad que por necesidad profesional. Pero nada se compara a esto.

Fernando estaba aferrado con su mano izquierda a una columna en la separación del living con la cocina. Estaba de pie, tambaleante. Con la mano derecha se tocaba el pecho. Se veía la sangre bañando su suéter de color beige clarito. Había en sus ojos una expresión de terror. Intentaba hablar pero no podía.

-¿Y ahora qué hacemos?- dijo Maira con un acento levemente histérico-. El hijo de puta no se cae. Le meto otro tiro.

-No -murmuré-. Esperá.

Fernando la miraba a ella y me miraba a mí. Había una mezcla de sorpresa, rabia y desesperación en su cara. De repente se le formó un globo de sangre en la boca, inflado por su aliento. Le temblaron las rodillas.

Maira me empujó con ira para abrirse paso hacia él. -Correte, boludo- me dijo. Se abalanzó sobre Fernando y lo agarró de los pelos, tirando de él con fuerza mientras exclamaba: -A ver si te caés de una vez, hijo de puta.

Gracias a esta intervención expeditiva, el cuerpo de Fernando se desplomó con fuerza y estruendo en el suelo, boca abajo. Empezó a arrastrarse. Maira quiso darle un puntapié en las costillas, pero se lo impedí.

-Dejalo. O no vas a poder explicar el moretón.

Maira me dijo colérica: -¿Por qué no hacés algo, vos? ¿Todo lo tengo que hacer yo? ¿Y qué pasa si no se muere? Estamos hasta las manos.

Pero yo sabía muy bien que no se iba a salvar. La hemorragia era demasiado abundante. Tal vez una arteria estaba atravesada, tal vez el mismo corazón. La ubicación de la herida así parecía indicarlo. Procuré tranquilizarla. De pronto era yo quien tenía la sangre fría. El momento de mayor tensión y excitación había pasado. Ahora me tocaba actuar a mí.

Vi que Fernando ya casi no podía moverse. Estaba como aplastado contra el suelo, resbalando en su propia sangre. Me puse de cuclillas y lo observé con detenimiento. Daba cierta lástima. No parecía el hombre arrogante que yo me había representado. Tenía un aspecto vulnerable.

-La campera -recordé-. Se sacó la campera.

-Se la ponemos de nuevo -dijo ella.

-No, eso se va a descubrir por las manchas de sangre y el orificio de bala- observé-. Mejor guardala en el placard. Después nos deshacemos de ella. Fijate si tiene documentación o algo.

En efecto, tenía una billetera en el bolsillo. Le dije a Maira que me la diera y la limpié con la franela. Cuando intentaba ponérsela a Fernando en un bolsillo del pantalón me agarró del antebrazo clavándome las uñas.

-Qué cagada- dije-, me rasguñó. Traé unas tijeras o un cuchillo.

Ella no comprendió, pero obedeció.

Le tomé la mano. Ya no se movía. El rasguño había sido su último acto. Le limpié con la tijera una a una todas las uñas para quitar restos de mi piel. Es poco probable sacar todo, pero ¿qué iba a hacer?

-Ahora los zapatos.

Le saqué velozmente ambos zapatos, cuidando de no pisar la sangre. Cambié los míos por esos, poniéndome bolsas de plástico en los pies, y salí al exterior por la puerta de entrada, previo apagar la luz del porche. Afuera no había nadie. Fui hasta la mitad del sendero de entrada y allí desvié. Caminé por el pasto y la tierra dejando bien impresas las huellas en el barro. Con aquella lluvia era un trabajo inútil, pero igualmente lo hice. Di vuelta a la casa e ingresé por detrás, al patiecito de la galería del fondo, dejando las huellas de barro en las baldosas. Maira me esperaba en la puerta de la cocina.

-¿Sabés si él tocó el picaporte?

-Claro-, dijo ella.

-Bien, entremos.

Caminé por la cocina dejando las huellas hasta el punto aproximado de la caída del cuerpo. Tuve incluso el cuidado de dejar huellas tambaleantes como de una persona herida. Me acerqué también a la columna donde él había dejado unas manchas de sangre al apoyarse. Luego volví a calzarle los zapatos, procurando que no se notara la menor señal de manipulación en el barro que los había salpicado.

-La lluvia nos ayuda -dije-. Ningun vecino pudo escuchar el disparo. Revisemos todo.

Comprobamos que en el dormitorio no quedara nada mío. Revisamos también el living. Lo miramos a Fernando que yacía boca abajo sin encontrar nada a la vista que pudiera resultar anormal para nuestra historia.

Sí, ya sé. El ADN mío iba a estar en toda la casa. Pero vos pensá en la época... Y además, ¡era la Provincia de Buenos Aires! ¿Cuántos casos conocés incluso hoy, en que la policía o los peritos levanten rastros de ADN? No jodamos.

-Sólo falta el vidrio- dije-. Cuando yo haya tenido tiempo de salir, accioná la alarma. Esperá dos minutos y llamá a la policía.

Nos besamos. Me sobresalté y le dije: -Algo más. No podemos comunicarnos. Posiblemente te detengan.

Ella me miró disgustada.

-Ya lo sabías –le dije-. Si te detienen es temporario. Lo importante es que conserves la calma. No tenés que salirte del libreto en momento alguno. No hagas ni digas nada más. Te van a pedir que nombres un abogado.

-Pero no puedo nombrarte a vos.

-Claro que no. Decí que querés uno oficial. A este tampoco lo confíes nada. Dejá pasar unos días antes de proponerme a mí. Se supone que no nos conocemos, pero si te llegan a detener, alguien en la comisaría te pudo pasar mis datos. Entonces que algún familiar me venga a ver como a un abogado común.

-Sólo puede ser mi madre o mi padrastro.

-Es lo mismo. No tiene que saber nada, por supuesto. Le voy a pedir dinero de honorarios, ¿comprendés? No hay otra forma de que aparezca en la causa.

Ella asintió a todo. Salí por la puerta de la cocina. Rompí el vidrio desde afuera hacia adentro. Me fui rápidamente hacia los fondos pisando las baldosas del caminito que conducía al contrafrente. Luego pisé con sumo cuidado el césped para no dejar huellas en lo posible. Salté el alambrado que daba a la calle lateral, la cual estaba también desierta. Caminando a paso normal, aunque veloz, me alejé bajo la lluvia. La alarma empezó a sonar.

Hice las diez o doce cuadras hasta el auto sin volver la vista atrás. En determinado momento vi, a dos cuadras de distancia, un patrullero que pasaba con las luces encendidas. Al fin divisé mi vehículo. No lo habían robado. Ni los ladrones salían en noches como esa.

Me fui de allí a toda velocidad. Tiré los guantes de goma en la ruta. Conduje sin detenerme hasta mi departamento en Adrogué. Sólo pasé un sobresalto ante un puesto policial en Florencio Varela, porque me pareció que había agentes parando vehículos y yo no quería que nada me ubicara fuera de mi domicilio. Pero fue una falsa alarma, producto de mi excitación. Ningún policía iba a salir a parar o inspeccionar autos con semejante noche.

Llegué a Adrogué. Dejé el auto en el garaje y subí a mi departamento. No podía dormir, pero igualmente me acosté. Fue una noche larga, muy larga, de repasar imágenes y detalles. Nada, hasta donde yo recordaba, se nos había escapado.

Por alguna razón que no acierto a explicar, yo estaba seguro de que Maira no se quebraría. De cualquier manera, habría deseado estar con ella, fiscalizar su desempeño, sostenerla. De pronto, sin embargo, se me cruzaba la idea de que ella no podría resistir la presión. En dos oportunidades aquella madrugada oí sirenas policiales, y pensé absurdamente que venían a detenerme. "Maira cantó", pensaba. Pero era improbable que vinieran tan rápido, aún en ese caso.

Al fin amaneció sin parar de llover. A eso de las siete me levanté y me duché. Toda la ropa que había usado la metí en el lavarropas, aunque no tenía manchas de sangre ni huella alguna visible.

Pensaba también que sólo la forma en que se habían desenvuelto las cosas las hacía factibles. Si hubiera habido planificación conjunta yo habría desistido. Maira supo ubicarme en la escena con las medias palabras de un acuerdo tácito y yo sólo me dejé llevar, como me dejaba caer de la avioneta.

Ahora tenía dos preocupaciones inmediatas. Una era reanudar normalmente la vida cotidiana sin revelar la menor alteración. Debía seguir con mis audiencias, mis recorridas tribunalicias, el horario de atención en el estudio, la presentación de un par de demandas, la asistencia a dos detenidos, un hábeas corpus. Era difícil hacer estas naderías después de lo ocurrido. Pero debía hacerlo con apariencia indiferente.

La segunda cosa era todavía más difícil. Debía abstenerme de todo intento de averiguar el estado de cosas. Devorado por la excitación, debía limitarme a esperar y esperar.

No te puedo expresar el grado de ansiedad que padecí aquellos días. Leí la sección policial de los diarios de La Plata por internet, y así pude ir siguiendo el caso. Corroboré que Maira se había mantenido firme en su versión, y supe que, como era lógico, existían fuertes sospechas de parte de la fiscalía y la policía. Supe también que entró a jugar otro factor: el hermano de Fernando, Julio. Según las noticias, éste había dejado trascender su rechazo hacia la versión de su cuñada. Temí que supiera algo del motivo de la presencia de su hermano allí, pero no pude averiguar más. Ardía por acceder al expediente.

Al cabo de un tiempo, me llamaron por teléfono. Una voz cascada, de hombre grande, me preguntó si le podía dar un turno.

-¿Por qué tema?

-Una consulta penal –respondió la voz-. Por una persona de La Plata.

CAPITULO TRES

Sí, ya sé. Nuestro crimen hacía agua por todos lados. Si lo hubiéramos planeado con detalle, no lo habríamos cometido nunca. Sólo teníamos las líneas generales de un mal guión. Pero venía en nuestra ayuda el gran auxiliar de los asesinos: la incompetencia galopante de los investigadores criollos.

Volvamos por un momento al caso Amadeo, nuestro modelo inspirador. Entre nosotros, debo decirte que siempre pensé que mi mentor, el Dr. Domínguez, había hecho algo más que asesorar a su prima. Hoy puedo confesarlo ya que falleció hace doce años por causas naturales.

Nunca me pareció lógico que Nora recibiera instrucciones ex post facto para armar su estrategia. Aun cuando Domínguez era una luz para improvisar soluciones rápidas, siempre pensé que las instrucciones eran demasiado precisas y elaboradas. Nora debió tener el libreto desde antes.

Hay otras circunstancias sospechosas. Era precisamente el Dr. Domínguez quien solía decir –incluso cuando daba clases en la Facultad- que los criminales siempre son ayudados por la torpeza de los investigadores, que pisotean la escena del crimen, arrojan puchos sobre el cadáver, sacan fotos después de que todo fue removido, llenan de pelos y huellas los objetos de interés, creen que los protocolos de preservación de rastros son extravagancias del cine, etc. El Dr. Domínguez solía ironizar asegurando que si a la policía se le impedía torturar a los sospechosos perdía el ochenta por ciento de sus recursos investigativos, ya que, fuera de la tortura, no sabían mucho más.

En esos años era más grave aún porque todavía no estaba el sistema acusatorio en la Provincia de Buenos Aires. El Juez seguía cumpliendo la esquizofrénica doble función de conducir la instrucción y dictar sentencia. El sistema era aún más deficiente, y la policía un desastre. La abogacía penal muchos la ejercían, no estudiando leyes, jurisprudencia y doctrina, sino chamuyando a los tres personajes relevantes de la causa: el oficial policial a cargo, el comisario y el juez. Las causas se arreglaban con plata o con relaciones. El alegato al oído –"Nora es mi prima, es inocente, es excelente persona, etc."- valía más que cualquier memorial sólidamente fundamentado. El Dr. Domínguez era especialista en esto. Cultivaba la amistad de comisarios y jueces. Al juez de la causa lo solía invitar también a sus comidas –yo lo he visto-, aunque tenía cuidado de no hacerlo cuando Nora estaba invitada.

De modo que Domínguez pudo haber contado con todos estos elementos para "ayudar" a su clienta. Pero además el modus operandi me resulta llamativo. Domínguez siempre usaba los mismos ejemplos para ilustrar su astucia leguleya. Decía con cinismo que si uno quiere matar a alguien y salir bien parado nunca debe encargarlo a terceros. La gente suele pensar equivocadamente que es muy seguro contar con una coartada, estar en otro lado cuando el asesino por encargo procede. Sin embargo, la enorme mayoría de los crímenes por encargo (salvo que los cometa un verdadero profesional) se descubren, y entonces terminás en cana con una perspectiva de prisión o reclusión perpetua. Lo más seguro, decía Domínguez, es cometer el crimen uno mismo. Es más: sostenía que la autoría del hecho no debe nunca ocultarse. Por el contrario, debe quedar en claro que fue uno quien lo cometió. Y preparar una estrategia para demostrar alguna causal de justificación, inculpabilidad o inimputabilidad. ¿Comprendés el punto?

Este pensamiento es el que aparece aplicado al caso de Nora. Por eso no puedo creer que Dominguez no lo hubiera planificado con ella. En efecto, ¿cómo se explica que Nora procediera a citar al marido como hizo, con el designio de matarlo en una trampa, si no tenía todo armado desde antes? ¿Es lógico que saltara al vacío confiando en que una llamada a su primo la sacaría del brete?

Vamos más lejos. Mucho tiempo después supe que, además

de las aflicciones conyugales de Nora, Dominguez tenía sus propios motivos para querer vengarse de Amadeo. Pero esto no interesa aquí. Es un apoyo más de mi hipótesis.

Sea como fuere, esto que ahora te estoy comentando ya Maira lo sabía. Cuando se lo expliqué lo interpretó como mi compromiso de participación activa.

Esos días posteriores al crimen fueron también, debo decirlo, los momentos más excitantes de mi vida. Mucho más, incluso, que el crimen mismo. Hacía tanta agua nuestra conducta que era casi imposible, a mi criterio, que no nos descubrieran. Elementalmente tenía que aparecer alguna huella, rastro, cabello o resto mío. En tal caso, ¿qué diría? Tal vez el hermano de Fernando o algún amigo sabían que él no había ido allí de casualidad, sino citado por Maira. Al revisar la escena, tenía que aparecer alguna señal discordante en la posición el cuerpo, en la ubicación de los vidrios rotos, en las huellas sobre el pasto. Alguien tenía que haber oído el disparo a pesar de la lluvia. Alguien debió verme salir de la casa antes de que sonara la alarma. Era inevitable que Maira confesara si le empezaban a hacer ver sus contradicciones. Las apuestas estaban en mi contra abrumadoramente. ¿Tenía miedo? No. Estaba excitado. Enormemente interesado en ver cómo se desenvolverían las cosas y por dónde vendría la mano que me apretara el cogote.

Además, había otro cabo suelto más que evidente. Mi ex mujer sabía que una tal Maira y yo estábamos relacionados desde antes. Alguien -supuestamente un tal Fernando- la había puesto sobre aviso. Yo pensaba que no iba a ir a la policía, entre otras cosas porque tenía que enterarse del crimen, y La Plata es un mundo aparte. Los diarios de La Plata no se leen en Adrogué. Los crímenes de La Plata no se informan nacionalmente más que cuando son muy impactantes. Aun enterándose, no iba a ir corriendo a batir una simple sospecha contra su ex. Pero tal vez se lo había comentado a su mejor amiga. Ya sabés cómo es esto. O tal vez era la policía la que terminaba llegando a ella. Esto me preocupaba menos, porque, si sucedía, era que ya habían descubierto la relación y ya estaba en la mira; ella sólo la hubiera confirmado.

Pero volvamos al hecho. Suponiendo que todo se descubriera: ¿hasta qué punto estaba complicado en realidad? Yo no había disparado, ni había tocado el arma. Las huellas y restos de pólvora sólo podían incriminar a Maira. ¿Mi presencia en el lugar? En el peor de los casos, siempre podía admitir que era su amante y que nos había sorprendido un marido celoso y golpeador; Maira podía decir que no tuvo más remedio que dispararle para protegerse y que yo sólo la había ayudado a encubrir... ¡Sí, ya sé! ¡Estábamos en el horno! Nos habrían cocinado, por más vueltas que le diera. Me distraía inventando alegatos y triquiñuelas que ningún juez se tragaría. Mi única chance era que sucediera lo que sucede tantas veces: que investigaran todo mal. Así, un abogado acostumbrado a urdir ingeniosas tretas estaba, en su propio caso, supeditado a la proverbial inoperancia de los investigadores.

Por eso te digo que me tiré en caída libre, y sin saber si el paracaídas funcionaba.

El que me vino a contratar, tiempo después, como te habrás imaginado, fue Juan, el padrastro. Pude observarlo bien, y me di cuenta de que él también me escrutaba. Bajo la cabellera rala y blanca había un rostro cobrizo y delgado, con muchas arrugas expresivas, como corresponde a las personas que gesticulan en exceso. El rostro de un cuentero. Sus ojos eran astutos, penetrantes. Su boca de labios gruesos daba idea de perversión sexual, pero creo que eso pude imaginarlo, porque, obviamente, yo pensaba que había vendido a su hijastra y no le tenía la menor simpatía. Me dijo que le habían recomendado mi nombre en la comisaría y que "su hija" estaba en problemas por haber matado al marido en forma accidental.

Vino acompañado de Mónica, su mujer. Fue la primera vez que vi a la madre de Maira. Estaba entrada en carnes, envejecida. Caminaba, hablaba y pensaba con dificultad. Tenía peinado de peluquería y unos anteojos oscuros que usaba también en el interior por una supuesta "fotofobia". Parecía más un ente que una persona. Se desvivía por fumar. Al fin le dije que podía encender un cigarrillo, y se puso a chuparlo frenética. Supe más tarde que vivía empastillada. Hay que tomar muchas pastillas si uno quiere no ver la realidad que salta a sus ojos.

Vagamente intentó hablar a favor de su hija, pero el marido la cortó, autoritario, denigratorio:

-Mónica, por favor. Dejame hablar a mí y fumá tu cigarrillo.

Se notaba que era él quien la había convertido en ente.

Recuerdo que Hilda, mi secretaria, escuchaba desde su escritorio, fingiendo revisar papeles. A ella le encantaban los casos policiales y se devoraba noticieros y programas sobre crímenes. Siempre me preguntaba por qué no iba con mis casos a la televisión, al programa de Mauro Viale o algún otro. Cuando no estaba ocupada leía mis expedientes a hurtadillas y se detenía con morboso placer en las fotos de cadáveres. Yo había dejado la puerta entornada a propósito: la quería de testigo.

No pude sacar grandes conclusiones de aquella entrevista, pero me sirvió para ingresar legítimamente a la causa, como defensor particular. Esto me permitió también volver a ver a Maira. El Defensor oficial había comenzado a tramitar la excarcelación y su trabajo estaba bien encaminado. Sí, estuvo presa durante la primera etapa de la investigación. Fui yo quien logré que la Cámara considerara que, por el momento, no había elementos suficientes para sostener la carátula de homicidio calificado. Fundamentar el recurso me dio la oportunidad de examinar hasta el último detalle visible de la investigación. Por supuesto, desconocía si la fiscalía guardaba algún as en la manga en el legajo reservado, aunque pasados los meses no me sorprendió saber que no pudieron establecer ninguna conexión sospechosa de Maira con nadie. Las llamadas más frecuentes que descubrieron eran a la casa de su madre y su padrastro, y no daban lugar a sospechas. No hubo ningún rastro digital. Las pericias en la casa deberían haber descubierto rastros míos y sin embargo nada saltó. Así investigan estos brutos. No van a gastar dinero en pruebas de ADN cuando la propia homicida confiesa que fue ella, pero por error. La ruleta rusa estaba benévola conmigo. Vos ya conocés el expediente así que no voy a hacerte perder el tiempo con detalles procesales. El abogado de Julio Albarracín puso el grito en el cielo al enterarse de la posibilidad de su liberación.

Creo que jugó a favor de Maira el pésimo concepto que había, en la Justicia de La Plata, sobre la familia Albarracín. Después supe que querían dejarla libre de entrada pero que Julio había sobornado al Juez de Garantías para que la mantuviera detenida el mayor tiempo posible; no pudieron sobornar a los camaristas, no por falta de dinero, sino porque estos odiaban al occiso, conocido cuatrero. En el fondo pensaban que por fin alguien le había dado su merecido.

No te puedo describir lo que sentí cuando la visité en la cárcel. Casi me pongo a llorar al verla tan demacrada. Una interna o una guardiacárcel (nunca lo supe) le había dejado un ojo morado. Me mordí para no demostrar nada. Ella también se mantuvo impecablemente fría y distante y me trató de doctor y de usted. No se quejó nunca, y no me dedicó ni una sonrisa. Me mantuve en mi papel. Internamente me preguntaba si ella no estaría enojada conmigo por tener que sobrellevar sola el encarcelamiento y la sospecha. Cuando, tiempo después, pudimos hablar con libertad, me dijo que nunca lograron doblegarla y que no pasó por su cabeza confesar. Antes se habría matado.

Solo la visitaban su madre y el padrastro. Y ahora yo como abogado. El día que la excarcelaron le notifiqué la decisión por teléfono al padrastro. Pero no me presenté a acompañarla. Tenía la excusa para hacerlo, pero incluso entonces creí que era mejor mantener la distancia. Sabía que la estaban vigilando. También sabía que no se podía hablar por teléfono ni mantener ninguna comunicación interceptable. Quedé con el padrastro que ella vendría a mi estudio en Adrogué para conversar sobre la causa.

Así fue. Cuando entró en la recepción del Estudio, cerca de las siete de la tarde, todo se iluminó. Estaba demacrada, es cierto. Hasta le habían aparecido algunas arrugas en la tersa frente. La ropa -una blusa, un jean, una cartera, un saquito, no tenía importancia- le quedaba algo holgada a causa del menú carcelario. Pero estaba hermosa. Una belleza más apagada, menos llamativa. Hilda la comió con la mirada. Hilda siempre me corría todos los asuntos potencialmente amatorios y criticaba con dureza a las mujeres atractivas que rara vez entraban a mi consulta. Pero ahora se notó que estaba profundamente alarmada. Fingí la mayor frialdad y profesionalismo con Maira. La hice pasar a mi oficina.

Ella se sentó sin decir nada. Su cara me pareció algo colérica. Esperó que yo hablara. Le dije:

-Vamos a apagar los celulares y sacarles la batería. Y a desconectar el teléfono. Hilda -llamé-, llevate todos estos aparatos y ponelos en un cajón.

Hilda ya conocía la rutina preventiva de los casos penales y obedeció sin decir nada. Cerró la puerta.

Hablamos. Fue una conversación tirante. Seguíamos fingiendo distancia, pero vi que la ira crecía en ella. Le informé todo lo de la causa y ella a mí, hasta la menor novedad y hasta el menor atisbo de sospecha. Lo más alarmante que supe no era inesperado. La seguían.

-Mire, Maira -le dije, sin abandonar el "usted"-. La van a seguir por un tiempo, le van a interceptar las llamadas y van a grabar todo lo que usted o su familia digan. Su padrastro ya está avisado. No pueden hablar absolutamente nada de la causa por teléfono o celular ni por mail o por internet con nadie. Con nadie. Sólo en forma personal, previo sacar la batería de todos los celulares.

-Ya lo sé -me respondió cortante.

-¿Cómo se dio cuenta que la siguen?

-Siempre hay un auto cerca. A veces cambia el auto, pero la actitud es la misma. No soy tonta.

-Bueno, si la siguieron hasta acá no pasa nada. No es un crimen hablar con el abogado.

-También siguen a mi padrastro.

Eso me extrañó. No era anormal, pero me dio mala espina.

-Él también los vio. Dice que no son policías.

-¿Y cómo lo sabe?

-Porque reconoció uno de la banda de mi cuñado.

Quedé mudo unos segundos. Enseguida me repuse y seguí indagando:

-Que su cuñado la quiere presa, ya lo sabemos. ¿Pero por qué lo seguiría a su padrastro?

-Ellos se conocen. Juan trabajó con ellos hasta el año pasado.

-¿Pero por qué sospecharían de él?

-No sé -respondió Maira, después de unos segundos de duda-. Tal vez Juan tenía sus propios motivos para querer sacarse de encima a Fernando. Puede ser que crean que estaba de acuerdo conmigo.

-¿Qué motivos son esos? -pregunté sintiendo una puñalada en alguna parte del pecho.

Maira se impacientó.

-No lo sé y no me interesa. Ya sabemos que él no tuvo nada que ver, ¿no?

Su tono me pareció amenazante.

-Como abogado necesito saberlo todo -dije.

-Sí, claro -ironizó.

Golpearon a la puerta.

-Doctor -asomó Hilda-, ¿necesita algo más de mí? Me tendría que retirar. Le dejo los celulares y el teléfono en el archivero.

Se fue, no sin echar una mirada suspicaz y hostil a Maira.

Cuando oí que la puerta del Estudio se cerraba le dije a Maira con rabia:

-¿Qué es lo que no me estás contando, Maira?

- Nada, estúpido. Te digo todo lo que sé. Ya sabés que mi padrastro es un hijo de puta. Si tuvo algún problema o no con Fernando no me interesa. Me preocupa mi cuñado. Está loco. Me hace seguir. El otro día lo vi de lejos en la calle y me amenazó con un gesto. Claro que le tengo miedo. Y anda diciendo lo de la campera.

-¿Qué campera?

-La campera de cuero, pelotudo. Tu brillante idea de ponerla en el armario. Anda diciendo a conocidos en común, para que yo me entere, que la campera esa no podía estar en el armario como apareció después en el inventario policial, porque él se la vio puesta ese día por la mañana, ¿entendés? Y, además, ¿qué hacía Fernando sin campera ni protección contra la lluvia? ¿Cómo no estaba empapado?

-Bueno, la ropa se seca, pudo estar empapado y haberse secado hasta que llegó la policía.

-Sí, pero la campera es un buen punto, ¿o no? ¿No pensaste en eso? ¿Para qué mierda servís? Todo lo tuve que hacer yo, todo, apreté el gatillo, me morfé la cana, todo. Y vos acá tranquilo en esta oficina de porquería. Y ni siquiera se te cae una idea decente, como para prever algo así, estúpido.

Quise pararla porque no sabía si me estaba grabando, si era alguna trampa. Le dije que podía haber un micrófono. En realidad, temía que ella tuviera uno.

-¿Se lo dijo a la policía o al fiscal?

-¡Y cómo voy a saber! No creo. Tira eso para asustarme, para darme a entender que él sabe. Es un loco de mierda. Yo sé que tarde o temprano me va a mandar a matar.

Se puso a llorar. Era la oportunidad de romper el hielo. Me acerqué, me agaché junto a ella la tomé de las manos, la abracé. Me apretó fuertemente. Luego me empujó con rabia.

-Salí, Julian, tomatelas.

No la solté. Forcejeó y me mordió cuando la besé, pero después de unos segundos estábamos tirados en la alfombra, desnudándonos a toda velocidad. Cogimos como desesperados.

Después nos quedamos en silencio en el piso. Ella pensaba. Su expresión seguía siendo dura, hostil. Se irguió y cruzo una pierna sobre mi vientre. Me apoyó la concha en la pija y se quedó sentada sobre mí, mirándome con rabia. Después me dio un trompazo en plena cara.

-¿Qué te pasa?

-Pasa que la que estuvo presa fui yo.

Y me pegó otro trompazo.

Le dije que parara pero me siguió pegando. Estuve a punto de reaccionar y me cortó diciendo:

-Ni se te ocurra pegarme, hijo de puta.

-Qué es lo que querés.

-Cagarte a bifes. Hacerte sufrir por todo lo que yo sufrí ahí adentro.

-¿Eso te va a hacer sentir mejor?

-Mucho.

-No podés pegarme en la cara. Tengo que trabajar. No pueden verme golpeado.

Me empezó a pegar en el pecho y en el estómago. Tenía bastante fuerza para ser mujer. Estaba enardecida y me lastimó bastante, sobre todo con las uñas. Se mojó de excitación encima mío. Eso hizo que se me empezara a parar. Se dio cuenta y dijo:

-Te calentaste y querés coger, ¿no? Bueno, entérate. No me vas a coger más por un largo tiempo. Me voy a coger a todos los tipos que quiera y vos te vas a tener que conformar con paja. Me lo merezco.

Más me excité por esa humillación. Se dio cuenta y prosiguió:

-Te voy a hacer el rey de los cornudos, puto de mierda. Pajeate. Mirame y pajeate porque no me vas a coger.

Me observó con desprecio mientras me hizo masturbarme delante de ella, sin tocarla. Esa tarde nuestras relaciones entraron en una nueva etapa de perversión que nunca hubiera imaginado.

Los meses siguientes fueron extraños. La causa no avanzó. No tenían elementos nuevos. El abogado de los Albarracín no hizo presentaciones. El fiscal dispuso diligencias, pero al final la causa no fue ni siquiera llevada a juicio, como vos sabés, pues yo apelé la elevación y obtuve que la Cámara la revocara. Maira había abierto fuego contra un desconocido que intentó meterse en la casa de noche, rompiendo un vidrio y sin darse a conocer, y luego resultó ser el marido, hombre que por otra parte ya tenía una denuncia por violencia doméstica. Había actuado con error en la legítima defensa, error provocado por el propio occiso y su temeraria conducta. Sin embargo, el seguimiento de vehículos raros continuó un tiempo más. No nos animamos a hacer ninguna denuncia porque hubiese sido empeorar las cosas.

Cuando uno está en caída libre no piensa, o piensa demasiado rápido como para registrar sus pensamientos. Todo es vertiginoso y la vida se experimenta con intensidad insuperable. Unos minutos de caída libre contienen más vida que diez años de insípida rutina. No puedo describirte lo que me pasaba por la cabeza ni qué me sucedía en esa época; sería como querer contar las vivencias de un hombre que cae del piso cincuenta de un rascacielos, hasta el momento en que se estrella contra el pavimento. A propósito de esto tuve un sueño. ¿Viste que se supone que quien comete un crimen vuelva a soñarlo? Eso no fue lo que pasó. Nunca soñé con el crimen, ni lo evoqué despierto, ni dejé que volviera a cruzar por mi cabeza. Es notable cómo se pueden bloquear por completo ciertos recuerdos. También se supone que una persona normal sea acometida por la culpa. Tal vez no soy normal, pero jamás experimenté culpa. Sentí culpa por otras cosas, no por aquello. Sentí culpa por ser un mal padre, que veía poco a los hijos, y me daba cuenta de que no quería verlos porque estaba contaminado, era impuro, temía contagiarles mi crimen; pero no era culpa a causa del crimen en sí, sino más bien vergüenza ante ellos. Desde luego que Maira sentía menos culpa que yo: ella estaba feliz, realizada, y el asesinato que había cometido fríamente la dotó de un sentimiento de seguridad y de dominio que luego trataré de profundizar. Pero tuve un sueño. Soñé que estaba en el avión para saltar y hacer paracaidismo, rodeado de desconocidos. De repente algunos desconocidos se convirtieron en Maira, Fernando, el padrastro, el hermano de Fernando. Me alentaban a saltar. Fernando me dijo convincentemente: "Morir duele un poco al principio, después pasa, no hay que tener miedo". Enseguida estaba cayendo envuelto en el viento. El paisaje era hermoso, pero en blanco y negro. No tenía equipo. Pensé que con un par de alas podría moverme horizontalmente, pero así sólo me quedaba la línea vertical, el ir hacia abajo, cada vez con mayor velocidad. Cuando la vida lleva una sola dirección no hay nada que hacer, solo dejarse ir, pensé. Y vi el suelo que se acercaba y se acercaba, los alambrados, el pasto, la hierba mala. Cuando estaba a centímetros de estrellarme desperté aterrorizado.

Maira era ahora superpoderosa. Se notaba. Matar le había dado una confianza desconocida. Al abrir fuego sobre Fernando, al descargar su odio, estaba liberada, había afirmado su yo frente al mundo, era la dominadora. Yo entreví esa transformación aquella noche en el Estudio. Pero ahora que lo pienso, comprendo perfectamente que ella siempre estuvo al mando de nuestra relación. Pudo hacerme creer que yo mandaba, que yo tenía la iniciativa, que yo la conquistaba y la protegía. Pero hoy es claro que siempre fue ella quien tuvo la manija; antes de manera disimulada, ahora desembozadamente. Y lo peor de todo es que me gustaba aquello. Hay un goce extraño, una morbosa voluptuosidad, en ceder el control, en renunciar al propio destino y entregarlo en manos de nuestro objeto de devoción. Maira era un ídolo cruel, y yo la adoraba, y aceptaba ser su siervo, me regocijaba con mi servidumbre. Dejarme esclavizar era una forma de expresar mi devoción religiosa hacia el ídolo. Siempre fue ella quien tomó las decisiones, ella dispuso el cómo y el cuándo, ella apretó el gatillo. Y yo, hombre en caída libre, me dejé llevar.

No descargo responsabilidades, que se entienda bien. Sólo digo que había desistido voluntariamente del libre albedrío hacía tiempo. Era Maira la depositaria de mi voluntad. Yo acepté ser destituido de mi condición de hombre, de individuo libre y soberano. Ella se apoderó de mí como de una propiedad indisputable. Me había hecho suyo a través del crimen, había reafirmado su autoridad con la excusa de castigarme por no haber sido yo quien fue preso, y ahora se inclinaba sobre mí en la cama y me murmuraba con malicia, mientras me hacía masturbarme para ella: "Vos ya no sos hombre. Siempre quise tener un eunuco. Vos sos mi eunuco. Un día te voy a castrar de veras. Y un día me voy a cansar de vos y te voy a matar, como a Fernando. ¿Te dejarías matar por mí? Claro. Bueno, un día lo voy a hacer." Y yo me hubiera dejado matar, porque estaba en caída libre, y en caída libre sólo se puede ir en una sola dirección: hacia el suelo.

A la vez que la inocencia legal se consolidaba en la causa, teníamos que ir blanqueando nuestra relación. No era la primera vez que un abogado y su clienta formaban pareja. Pero ello debía ser administrado prudentemente para evitar sospechas de un conocimiento previo al homicidio. Empezamos a salir como cortejantes, como novios. Empecé a presentarla a algunos conocidos. Hilda no pudo disimular su enojo cuando supo que me había enredado con "esa mujer que mató al marido". Hilda nunca sospechó nada. Después de un tiempo nos fuimos a vivir juntos a Adrogué. Era muy necesario sacarla de La Plata, alejarla de los Albarracín. Sabíamos que igual nos vigilaban. Me compré un arma y la llevaba siempre conmigo. También dejé un arma en el departamento, por si Maira se veía en aprietos.

Con el tiempo adoptamos nuestras propias rutinas. Como en la caída libre, hay instantes en que todo parece inmóvil, que no se percibe el vertiginoso abismo. Eso pasó en esa época. Caíamos sin saberlo.

La aparente tranquilidad hizo a Maira echar de menos la adrenalina. Ni ella ni yo nos drogamos nunca, ni siquiera bebíamos. La adrenalina era nuestra droga. Ella me convenció de empezar a salir. Fuimos a un boliche swinger que quedaba por Chacarita. Era un antro horrible y oscuro. Ella era una diosa allí, la gente me daba una impresión lamentable. No tardaron en aparecer babosos y propuestas. Yo estaba muy molesto e inquieto, pero ¿qué puede hacer un hombre en caída libre? La dejé irse a un cuartito con un repugnante viejo. Era lo que ella quería, ¿no? Quería verme humillado y sometido por completo. Así nos hicimos frecuentadores de ese ambiente tenebroso y decadente, fuimos una más de esas parejas perdidas en la penumbra, perdidas en la lujuria, intercambiando favores sexuales con degradada satisfacción. Y ella era una diosa, la única diosa allí, una belleza insuperable, cada vez más madura y radiante. Florecía en el estiércol, como ciertas plantas; resplandecía entre el musgo y los troncos podridos del bosque, como algunos hongos curiosos de rara belleza. Y mi papel era adorarla. Acompañarla y adorarla.

Cuando se ha cruzado un límite, cuando se ha matado con premeditación, ya no quedan muchas barreras que no puedan ser franqueadas. Este hombre corrompido y deleitado en su propia degradación no era peor que ese otro hombre que antes había sido sin revelar su verdadera naturaleza. Y Maira… tampoco la condenes. Podrás pensar que es la mala de la película, pero ella era aquello en que la habían convertido desde chica. En algún lugar de ella había un rincón de pureza que no había sido mancillado: allí todavía habitaba la ternura, la compasión y el amor. Pero Maira había tenido que ocultarlo muy profundamente. Ella no era culpable de ser lo que la hicieron ser. Y yo la amaba. Sí, también los murciélagos en la cueva se aman. Yo la amaba y ella a mí. De un modo raro, enfermo y anormal, pero nos amábamos. No tenés derecho a dudarlo.

No recuerdo con cuántos hombres o parejas nos relacionamos entonces. A veces yo también me acostaba con las mujeres, para complacer a Maira. Si ella era feliz, yo también. A veces, cuando estábamos a solas y me obligaba a masturbarme, ella murmuraba en mi oído: "Aprovechá a cogerte a esa puta, así yo me puedo coger tranquila al marido. Descargá con ella tus bolitas. Sos mi eunuco, y dentro de poco no vas a coger más a nadie, cuando te castre de verdad". Y se reía. Disfrutaba de humillarme y yo de complacerla. Entre todos esos encuentros fugaces, hubo sólo uno que fue del todo satisfactorio para ella. Eran una parejita joven y bella. Marcial y Selene decían que se llamaban, digo decían porque en nuestro ambiente nadie da su nombre verdadero. Venían a Buenos Aires de paso. Tenían una explotación agropecuaria en el interior bonaerense; cuando entramos en confianza nos dijeron que eran de Tornquist. Él era morocho y lindo, hermoso cuerpo, dientes blancos y perfectos. Ella era una diosa equiparable a Maira, pero rubia. Su cabello era una cascada de oro partida al medio, su piel y su concha también eran doradas. Excelente en la cama. Tenían dinero y buena educación, eran cultos, refinados, catadores de buen vino, afectos a la música clásica, gran vestuario. Maira enloqueció por el pendejo, y me rogaba que me la cogiera bien a la chica para repetir. Tuvimos relaciones muy contadas y espaciadas veces, ya que viajaban poco a Capital, por negocios. Decían que siempre habían sido swingers pero que se movían en el ambiente de Bahía Blanca, un ambiente lleno de matrimonios milicos; los milicos son muy afectos al intercambio de parejas: cosas de cuartel. Nos invitaron a visitarlos: algún día nos encontraríamos en Villa Ventana y desde allí iríamos a su casa en la sierra, metida bien adentro, con pileta y magníficas vistas serranas. Me daban muchos celos a causa del embeleso de Maira con Marcial. Según me contaba, susurrando sucios detalles en mi oído, él sabía muy bien cómo complacerla.

Pasaron dos años de caída libre, y aún no nos dábamos cuenta de que estábamos muy cerca del suelo. La causa estaba muerta y nosotros parecíamos una pareja normal. Nadie sabía de nuestras incursiones swingers, ni de los pervertidos chats.

Una tarde tuve en el Estudio una visita inquietante. Hilda, mi secretaria, entró a mi despacho para anunciarme que alguien esperaba en la sala. Noté cierta turbación en ella, como solía suceder cuando acudía algún cliente temible o con aspecto de facineroso.

-¿Pasa algo?-, le pregunté- ¿Quién es?

-No me dio su nombre. Dijo que usted lo conocía y se iba a alegrar de verlo. Pero no sé, tiene un aspecto muy extraño, doctor.

-La gente de aspecto extraño es la que más reditúa -bromeé-. Hágalo pasar.

Cuando la puerta se abrió para dar paso al visitante tuve que hacer un esfuerzo enorme para disimular mi estupefacción y temor. Un hombre desmesuradamente obeso entró a duras penas. Su corpulencia casi ocupaba toda la abertura de la puerta. Resopló y me miró con expresión indescifrable.

-Buenas tardes -me dijo, respirando con dificultad-. Soy Julio Albarracín. Usted conocía a mi hermano Fernando.

Confieso que me arrepentí de haberlo dejado ingresar tan imprudentemente. Temí un ataque a mi persona, pero no permití que ello se manifestara. Lo invité a sentarse y le ofrecí un café, sin otra finalidad que llamar a mi secretaria, para que quedara en claro que, en caso de atentar en mi contra, había testigos. Pero no era necesario. No venía a tomar acciones directas. No era tan torpe.

-Yo no conocí personalmente a su hermano- le aclaré mientras mi secretaria salía a buscar dos tazas de café.

-¿Está seguro?- dijo el gordísimo Julio.

-Sí, estoy seguro. ¿De dónde lo iba a conocer?

El gordo resopló una vez más y me contempló con sus ojitos astutos hundidos bajo la masa aluvional de su frente.

-Él me comentó que sospechaba que su mujer andaba con un abogado- dijo con lentitud. No quise dejarlo pasar, aun cuando me arriesgara a quedar en evidencia si el gordo efectivamente sabía algo de nuestra relación anterior. Le dije:

-No era yo. A ella la conocí después de ese lamentable hecho.

-Puede ser -concedió el gordo-. En todo caso, conocer tipos no es algo que a ella le cueste mucho.

Una vez más me creí obligado a pararle el carro a pesar de lo intimidante de su presencia.

-Mire, entiendo que usted piense mal de su ex cuñada, pero no estoy dispuesto a escuchar insultos.

-Está bien, doctor- se apresuró a cortarme-. No vine para eso.

-¿Y se puede saber qué se le ofrece? Porque usted comprende que no es muy correcto ni cómodo que yo lo atienda.

-Me imagino –repuso-. Debe ser muy incómodo hablar con el hermano del hombre que mató su mujer.

Entró la secretaria con el café y aproveché para pensar, mientras ella servía las tazas. ¿Cómo debía comportarme? Tenía que ser con naturalidad y sin temor. No podía adivinar cuál era el propósito de su visita, pero no debía ser nada bueno. Tal vez quería sonsacarme algo, hacerme pisar el palito. Para matarme no necesitaba venir a mi estudio. Había mil maneras de hacerlo sin comprometerse. Decidí dejarlo hablar, mostrar sus cartas.

-Ella ya fue investigada, lo sabe bien, señor Albarracín. Y yo no puedo hablar de esto sin cometer una falta de ética.

-Por supuesto, doctor -dijo-. Ante la Justicia, ella ya fue investigada, no cabe duda. Hay otra justicia, pero eso no es algo que deba tratar con usted.

Lo miré con atención.

-¿Es algún tipo de amenaza?

El gordo soltó una fuerte carcajada.

-De ninguna manera. Me refiero a la Justicia divina.

-No parece usted muy creyente- repuse.

-Las apariencias engañan. Yo creo en la justicia divina. Corrige las injusticias de los hombres. Pero no vine a hablar de eso. En realidad, vine a decirle que le transmita a Maira que si quiere venda la casa. Respecto de los otros bienes dígale que no va a conseguir nada. Mi hermano no tenía muchas cosas a nombre suyo. Los hijos se van a quedar con el resto. No hay problema en arreglar estas cosas amigablemente. Pero que se olvide de intentar cobrar algo más. Mi hermano no era tan boludo como para dejar algún cabo suelto, ¿me comprende?

-Sí -le dije-. Si es eso, yo se lo transmitiré. No creo que sea nada novedoso ya que Maira, que yo sepa, no aspiraba a nada más.

El gordo rió. Se secó la frente que chorreaba sudor.

-Eso sí que sería novedoso -dijo-. O usted simula muy bien o es bastante ingenuo, doctor. A lo único que siempre aspiró Maira fue a meter mano en nuestra empresa. Mi hermano lo sabía bien, y por eso tomó sus recaudos legales, ¿comprende?

Perdí peligrosamente la paciencia y le respondí:

-Ya veo. Su hermano era bueno en tomar recaudos legales. Y también en pegarle a una mujer.

El gordo me miró con cierta lástima.

-¿Maira le dijo que mi hermano le pegaba?

Estuve a punto de decirle que no sólo me lo había dicho ella, sino que yo mismo había visto los golpes y la voladura de un diente. Pero recordé que supuestamente yo no la conocía en esa época.

-Hay denuncias de violencia familiar- me limité a observar.

-Doctor, con todo respeto -replicó-, usted no sabe cómo son las cosas. Mi hermano la adoraba, nunca le hubiera tocado un pelo. Era ella la que lo golpeaba. Cuando se encamaban le gustaba lastimarlo y chuparle las heridas. Estaba un poco enfermita. Mi hermano al principio me contaba estas cosas como grandes proezas sexuales. Yo le decía que tuviera cuidado con una loca así. Ella quería incluso que él le pegara. Pero Fernando nunca lo hizo. La vez que lo denunció fue todo armado para excluirlo del hogar. Hoy sé de buena fuente que quién le pegó para montar la escena de la violencia conyugal fue el hijo de puta del padrastro –se interrumpió para escrutarme maliciosamente y añadió con sorna-: ¿Qué pasa, doctor? Lo noto un poco pálido, un poco sorprendido. Tenga cuidado. No le vaya a pasar a usted como a le pasó a mi hermano...

Yo sólo atiné a preguntar: -¿De dónde sacó eso? Está muy equivocado.

-Vamos, doctor. No se sorprenda tanto. Maira es una caja de sorpresa. Ella lo enganchó al boludo de mi hermano cuando era apenas una pendejita, pero ya tenía más carrera que Leguizamo. Le dijo mil mentiras y el boludo las creyó. Siempre con su cara de pobrecita. Es muy hábil y mentirosa. Le dijo a mi hermano que la rescatara, que la sacara de su casa, que el padrastro se la cogía. Dicho sea de paso, me enteré recientemente que Juancito, "su suegro", le cagó ciento setenta lucas a mi hermano antes de que lo maten. Dólares, se entiende. Mi hermano andaba queriendo limpiarlo cuando se adelantaron y lo limpiaron a él...

Me empezó dar vueltas la cabeza. Yo sabía que debí haber evitado aquella charla. Ahora ya era tarde. El gordo notó mi confusión y dijo burlonamente:

-¿Cómo, doctor? ¿Me va a decir que ella nunca le contó la historia del padrastro abusador? A Fernando le decía que el hijo de puta la cogía desde los doce años. Le imploraba que la sacara de sus garras. Con esas historias es como logró que el boludo se encajetara con ella. La boludez le costó cara. Dejó a la familia y a los hijos, puso a esa puta a vivir como una reina y terminó asesinado por ella. ¡Perdón, no quise ofenderlo al llamar puta a su yegua, doctor! Pero yo que usted me cuido cuando vuelvo tarde a casa. Un día puede ser que la huerfanita lo esté esperando con una nueve milímetros...

-Basta -le contesté tratando de recomponerme-. Debí imaginar que usted venía con la idea de agredirme. No comprende que yo no tengo nada que ver con este asunto. Viene a ofenderme a mi propia oficina. Le tengo que pedir que se retire.

-Eso estoy haciendo, doctor -dijo Julio mientras se incorporaba pesadamente de la silla. No dejaba de observarme un momento. Se dirigió a la puerta del despacho, pero antes de salir, aún creyó conveniente agregar algo más: -Me voy más tranquilo de saber que usted no la conocía a ella antes de la muerte de mi hermano. De lo contrario, podría haber sospechado que usted tuvo algo que ver. Eso me lo dio a entender un comisario retirado, amigo mío. Dice que lo conoce a usted y que le ha llamado mucho la atención la muerte de mi hermano porque parece calcada de un caso que él tuvo hace muchos años cuando trabajaba en San Isidro.

Debí hacer ingentes esfuerzos para no ponerme pálido. Supe lo que iba a decir antes de que las palabras salieran de su boca.

-Me dijo este comisario que se parecía mucho al caso Amadeo. ¿Le suena?

Apenas tuve fuerzas para negar con la cabeza.

-¡Qué raro! Porque me dijo que el caso lo llevó un tal doctor Domínguez. ¿Usted no trabajó en San Isidro al comienzo de su carrera? ¿No lo conoce al Dr. Domínguez?

-El doctor Domínguez fue mi mentor. Hace unos años que falleció. Tenía muchos casos. Yo era un simple colaborador. No sé de qué me está hablando- respondí, sintiéndome traicionado por mí mismo en cada palabra.

-Sin embargo, el comisario que le digo cree recordar que usted lo estuvo acompañando en ese caso. No importa. A veces hay coincidencias muy extrañas. Buenas tardes, doctor.

Y salió entre resuellos, dejándome sumido en un estado de pánico mortal, con el corazón galopando dentro del pecho y un vivo deseo de salir corriendo.

Ni siquiera discutí esta visita con Maira. No quería tener que revolver lo del padrastro. Era una espina que me quedó clavada bien adentro y me la guardé. Tampoco era cuestión de agregar nuevos motivos para el pánico.

No pasaron dos días antes de que me llamara mi ex mujer para pedirme una reunión personal urgente.

-¿Qué pasó, Ana? -le pregunté cuando nos encontramos en el café al aire libre, rodeado de plantas, de la galería comercial más famosa de Adrogué - ¿Algún problema con los chicos?

-Decime vos -me respondió enojada-. Ayer se presentó en mi casa, en mi casa, ¿entendés?, un tipo que dijo que era comisario retirado de la policía, y lo parecía. Me dijo que estaba investigando un homicidio y quiso saber desde cuándo conocías a la puta con la que vivís y si ya la conocías de antes de que matara al marido.

Una vez más debí hacer ingentes esfuerzos para no delatar mi alarma.

-¿Y qué le dijiste?

-No le dije nada. ¿Qué le voy a decir? Pero decime: ¿vos tuviste algo que ver en eso?

Puse cara de sorprendido. Insistió:

-No me importa lo que hacés o dejás de hacer, pero si llegan a tocar a uno de los chicos por culpa tuya te mando al frente, hijo de puta. Así que ya sabés. Arreglá lo que tengas que arreglar o matate, pero si hay algún peligro decímelo ya.

-No hay ningún peligro. Es normal que investiguen -murmuré.

Se levantó sin tomar el café y se fue.

La aparente inmovilidad de la caída libre había llegado a su fin y el suelo se nos acercaba a una velocidad vertiginosa. Dos semanas después me llamó Maira llorando. Acababan de decirle que el padrastro había tenido un accidente en la ruta 2. El auto volcó y murió en el acto. No se sabía que había pasado. Los peritos conjeturaron que se había quedado dormido al volante. Yo pensé otra cosa.

CAPITULO CUATRO

No hubo velorio. No había parientes ni amigos. A "mi suegro" (como había dicho con malicia Julio) no lo quería nadie. Durante la cremación sólo estuvimos Maira, la madre y yo. Maira lloraba como una Magdalena, lo que me produjo considerable indignación, pero me callé. La madre parecía una momia, un ente, una ameba. Y estaba más ameba que nunca. Se habría bajado doscientas pastillas.

Al volver a casa en el auto, Maira me dijo:

-Fue Julio.

-Puede ser -dije yo, con toda intención.

Maira me miró.

-¿Por qué lo decís?

Le conté, para su horror, la visita de Julio. Cuando empezó a reprocharme no haberle dicho, la corté en seco.

-Pará un cachito. Yo no soy el problema acá. ¿Qué es eso de las ciento setenta lucas?

-No tengo idea. Y además qué tiene que ver.

-No sé, decime vos.

Discutimos. Nuestros nervios empezaban a estar a la miseria.

Fueron días terribles por el temor. Después la cosa pareció tranquilizarse. No hubo noticias de Julio, ni de comisarios retirados, ni de la causa penal, ni de autos siguiéndonos. Pasado un tiempo, todo parecía haber vuelto a la inmovilidad. Volvieron nuestras rutinas pervertidas.

Se me ocurrió que era un buen momento de cambiar de aire. Propuse a Maira irnos afuera. Ella reflexionó un momento y dijo:

-Vamos a Villa Ventana.

No era lo que yo había planeado, pero cedí. Me daba rabia su encajetamiento con Marcial. Igual cedí, callé. Todo lo que ella quisiera para mí estaba bien. Avisamos a nuestros "anfitriones" por chat. Reservamos habitación en una posada.

Nos demoramos en la salida. El viernes a la nochecita recién estábamos por Olavarría. Dejamos atrás ruta 3 y nos metimos por una ruta provincial un poco poceada. La luna asomó a mi izquierda. Hacia la derecha debían verse las sierras, pero aún no aparecían. El campo estaba ondulado y hermoso. El camino era solitario, muy solitario. No había un solo automóvil. De pronto sentí miedo. Por el espejo retrovisor vi una luz a la distancia.

-¿Qué pasa? -dijo Maira, al advertir que yo miraba demasiado hacia el espejo- ¿Nos están siguiendo?

-No creo. Viene muy lejos.

Era mentira. Yo sabía que, en un camino tan solitario y recto, las luces de posición se pueden ver a gran distancia. Podían estar siguiéndonos perfectamente desde lejos.

Un poco más adelante había un cruce con otra ruta importante. Se me ocurrió intentar una jugarreta. Doblé repentinamente en el cruce y apagué las luces del vehículo.

-¿Qué hacés?

-Una prueba -dije. Manejé unos metros en la oscuridad y me detuve en el acceso de una tranquera. En realidad, no era una buena idea. Si nos seguían para matarnos me estaba encerrando solo. Comprobé que el arma estaba a mano bajo el asiento. Quería ver si los despistaba o qué hacían.

Esperamos. Vimos que se trataba de una camioneta. Al llegar al cruce se detuvo. Eso era sospechoso. Si iba para Sierra de la Ventana debió cruzar y seguir. ¿Por qué había frenado? ¿Qué pasaba si se ponía a buscarnos? No tardaría en dar con nosotros.

-Ay – dijo Maira-. Arrancá, boludo. Vamonos.

La hice callar. Los de la camioneta dudaban. Seguramente estaban mirando, tratando de descubrir algún rastro. Yo estaba convencido ahora de que venían detrás nuestro.

Después de un instante se bajó un hombre y abrió el capot. Era una buena forma de disimular. Se trataba de un hombre mayor con aspecto de paisano. Parecía arreglar algún desperfecto. Luego cerró el capot, arrancó y siguió rumbo a Ventana.

-Nos seguía -dijo Maira-. Así le habrán hecho a Juan. Lo siguieron y lo hicieron volcar.

-No creo -mentí-. No importa, ya se fueron. Aguantemos un rato antes de seguir, por si deciden esperarnos más adelante.

Era una situación horrible. Faltaban pocos kilómetros para llegar, pero no me animaba a recorrerlos. Si la camioneta se escondía en algún camino lateral, podía aparecerse detrás nuestro en cuanto pasáramos. No había forma de evitarlo. Me demoré más de una hora en volver a arrancar, sabiendo que eso no garantizaba nada. Por suerte nada sucedió y pudimos llegar a Villa Ventana con considerable atraso.

Había que subir una calle junto a un arroyo. Era una zona muy arbolada. Las calles de tierra y en pendiente. Detrás del arroyo había un campo y más allá un bosquecito. Un poco más lejos se elevaban unas pequeñas sierritas. La luna iluminaba todo. La posada estaba en una esquina y era hermosa, con un aire patagónico. Como llegamos tan tarde, demoraron en atendernos. Al fin salió una mujer, de unos cuarenta años, con cara de dormida, que nos tomó los datos y abrió el portón para ingresar al estacionamiento vehicular. Nos dio una habitación muy acogedora y explicó el lugar y horario de desayuno. Dijo que un hombre había dejado un mensaje por la tarde y nos entregó un sobre. Era una nota con un pequeño planito que explicaba cómo llegar a la tarde siguiente a la estancia de nuestros amigos.

Por la mañana, el lugar era mucho más hermoso. Pinos y casuarinas rodeaban las edificaciones. El prado detrás del arroyo tenía un verde brillante, combinación de sol y rocío. Infinidad de pájaros cantaban. Desayunamos en el salón. Luego ocurrió algo tremendamente desagradable e inesperado. Fui hasta el vehículo para buscar un cargador de celular en la guantera y vi un sobre tamaño oficio papel madera en el asiento trasero. No sabía desde cuándo estaba allí ni quién lo había puesto. El contenido demostraría que no era de Maira, precisamente. Tal vez venía en el auto desde Buenos Aires y no me había dado cuenta. No quería pensar que lo hubieran puesto en Villa Ventana, y además el auto tenía cerradas las puertas con llave. Casi seguro alguien lo debió dejar en el asiento trasero en Adrogué, en el estacionamiento. Lo tomé con desconfianza. Estaba sellado y contenía unos folios duros. Imaginé que eran fotografías.

Con un nudo en el estómago, fui a la habitación. Maira se estaba duchando. Rasgué el sobre. Había unas veinte fotografías de veinte por treinta. Eran un horror. En todas ellas estaba Maira con el padrastro. Se besaban en el auto. Entraban a un hotel alojamiento. Salían. Varias veces. Era un seguimiento de meses.

Cuando Maira las vio quedó muy afectada pero no se le movió un pelo. Tuvimos una discusión tremenda. Después supe que toda la posada nos había escuchado discutir, por la forma en que nos miraron cuando salí de la habitación. Cuando a la gerenta de la posada le tocó declarar ante la Justicia, lo primero que hizo fue contar aquella discusión, con lujo de detalles, al menos lo que ella había podido captar parando la oreja. Del hombre que nos había dejado un mensaje antes de nuestra llegada no recordaba nada, pero de los detalles escabrosos de nuestra discusión no se le escapó uno. Imagino que se habrá instalado en alguna habitación vecina para escuchar mejor.

Claro que me molestaba que cogiera con el padrastro, pero mucho más lo otro: la trama oculta. Yo creía ser marioneta de ella, pero tal vez éramos ambos marionetas del asqueroso Juan, que la manejaba a ella con un par de hilos gruesos y sin mucho disimulo. Maira me reconoció después, cuando seguimos la discusión en el auto, dando vueltas como dos alucinados por la sierra, que efectivamente el viejo pervertido le había cagado ciento setenta mil dólares a Fernando y que éste lo tenía amenazado de muerte. También me dijo que le había robado mucho más que eso. Me confesó lo que Julio ya me había dicho: que era amante del padrastro desde los doce años. Era él quien la había corrompido en su propia casa, empastillando a la mujer hasta dejarla zombie para poder cogerse a la hija. Él la había entregado después a Fernando, por sus propios motivos, pero Maira hacía cualquier cosa por él. Después me juró que el viejo pervertido no tenía nada que ver con la muerte de Fernando, que ese era un asunto de ella, que ella odiaba a su esposo, que él la sometía, etcétera. Ya no le creí nada. Hubiera querido estrangularla en ese mismo instante. Tenía el arma debajo del asiento y le hubiera metido un tiro en la cabeza allí mismo. Pero no lo hice. No lo hice porque la amaba. Era una puta mentirosa, asesina y fría, pero no podía vivir sin ella. Era mi droga y me estaba matando de a poco, pero yo no tenía apuro en morir.

Te dije de entrada que yo conocía sus triquiñuelas de antes de confirmarlas. Nada de lo que terminó por confesar a medias me era desconocido, ya todo lo sospechaba y de alguna manera lo sabía. Quería matarla y la amaba. Quería odiarla y la amaba. Sabía que tarde o temprano, o la mataba yo, o me mataba ella, pero estaba demasiado enfermo, y, a estas alturas, ¿qué importaba? ¿Acaso un hombre en caída libre puede preocuparse por chocar con una golondrina mientras cae?

Tuvimos una discusión terrible, es cierto, y la seguimos por horas en el auto, hasta que me confesó todo lo que se animó a confesar. Nunca me confesó que hubiera planeado el homicidio con el viejo pervertido; yo no necesitaba que lo hiciera. Incluso nos pegamos, sí, es cierto. No mintió la conserje cuando dijo que al volver a la posada yo tenía un rasguño visible y ella un moretón. Pero no pasó de eso.

En el fondo estaba aliviado. El viejo pervertido estaba muerto; si Julio lo había liquidado, me había hecho un favor. Si había dejado esas fotos en mi auto, también. Ahora ya sabía lo que debía saber.

Maira se quería volver a Buenos Aires, pero yo le dije que no. Ya estábamos allí e íbamos a hacer aquello para lo cual fuimos. Nos cambiamos y arreglamos y maquillamos los golpes y a la tarde salimos siguiendo el mapita. No era un trecho tan corto. Había que pasar el Abra de la Ventana y continuar hasta un camino lateral de ripio que salía a la izquierda y se internaba rumbo al cerro Tres Picos. Había que doblar varias veces por caminitos laterales y al final se ingresaba en un predio hermoso, espectacular. Allí había una casa blanca con tejas españolas y arquitectura colonial, rodeada por un espacioso y bien cuidado jardín. Nuestros anfitriones estaban en la pileta, tomando sol. Era otoño y ya no hacía mucho calor, pero la pileta seguía siendo tentadora. Allá al fondo se extendía el campo bien maduro, y el telón de la sierra. Había una vista maravillosa del cerro Tres Picos y sus cerritos vecinos.

Nuestros anfitriones nos recibieron con alegría. Estaban hermosos, como siempre. No nos metimos en la pileta. No había nadie más que nosotros cuatro en la casa. Ellos se encargaban de servirnos. Un cocinero había dejado preparada la cena: sólo había que calentarla.

Un atardecer grandioso. A medida que se ponía el sol se encendía la iluminación indirecta en el jardín. Cuando refrescó fuimos al amplio comedor. Cenamos, charlamos, bebimos. Vivaldi sonaba de fondo. Después empezamos a franelear. Recuerdo que Maira se había ido con Marcial a una habitación y yo estaba en el sofá del living, muy cansado, con muchas ganas de dormir, mientras Selene, más hermosa que nunca, me desprendía el cinturón diciendo suavemente:

"Vamos, saquemos el cinto despacito, así, así".

Eso es todo lo que recuerdo.

Mi siguiente memoria es sonora. Es el ruido del agua corriendo en un arroyo. Abro los ojos porque me pega muy fuerte el sol. Es mañana avanzada. Al principio no sé ni dónde estoy y tengo un dolor de cabeza terrible. El sol me hiere la vista. Después me doy cuenta de que estoy en el auto. Todavía no sé ni lo que pasa, pero instintivamente manoteo el arma bajo el asiento. Está allí.

Ya más despierto, me doy cuenta de que estoy atravesado de manera incómoda en el asiento del conductor, como si me hubieran puesto allí, no como si hubiera venido manejando. El asiento del acompañante está vacío. Miro para atrás: el asiento trasero también. No hay ninguna pertenencia ni ropa. Maira no aparece por ningún lado.

Abro la puerta y me derrumbo fuera del auto. Estoy demasiado mareado. Logro incorporarme. Miro a mi alrededor apoyándome en el techo. El aire de la sierra está lleno de perfumes de hierbas. Es como si tuviera demasiado aguzado el olfato, y no sé por qué. El auto está junto a un arroyo que corre suavemente entre las piedras. Es una especie de bosquecillo de eucaliptos y pinos, a un costado del cordón de la Sierra de la Ventana y no muy lejos de la ruta principal. Pasan algunos autos por la ruta, pero casi no se los escucha. Hay un gran silencio.

Se me caen los pantalones y viene a mi mente la imagen de Selene sacándome el cinturón. Miro entre los asientos, pero no lo encuentro. Por las dudas de que Maira esté por los alrededores vomitando, la llamo. Nadie responde. No sé qué pensar. ¿Es posible que haya manejado muy borracho hasta allí? ¿Me habré peleado con ella y habré salido borracho y a las apuradas? Busco el celular y no aparece por ningún lado. ¡Si al menos pudiera hacer una puta llamada! Decido volver a la estancia de Marcial y Selene.

Esta vez me cuesta bastante no perderme. No tengo el planito. Encuentro con facilidad el camino lateral de la ruta, pero me cuesta ubicar los otros caminos por donde la tarde anterior fui doblando. Así y todo, cerca del mediodía llego a la casa. La tranquera está cerrada. Un peón corta el pasto. Toco bocina insistentemente, pero, como el hombre no abandona la cortadora, salto la tranquera y voy a pie hacia él.

-Disculpe, estuve aquí anoche, quería saber si por casualidad mi mujer...

El jardinero dice que eso es imposible, que la casa está cerrada y que los dueños están en Europa hace tres meses. Él solo viene a cortar el pasto y hacer mantenimiento. Me enfurezco y porfío. El hombre me mira como a un loco.

-Se debe haber confundido, hay varias casas parecidas por aquí.

Pero yo estoy seguro de que es esa. Veo la pileta, el salón donde estuvimos, un gigantesco jacarandá que me había llamado la atención. Es allí. Tiene que ser allí. Después empiezo a dudar. Tal vez me equivoqué. Vuelvo al auto y comienzo a dar vueltas, tomo todos los caminitos que encuentro, pierdo tiempo.

Al fin resuelvo volver a la posada de Villa Ventana. La conserje me mira muy sorprendida por mi aspecto mal entrazado.

-Su mujer no volvió -me responde, mirándome con aire

de sospecha. Voy a la habitación. Está todo igual que como lo dejamos. Por supuesto que no volvió. Intentando pensar, me doy una ducha fría. Me cambio. Bajo y pido a la conserje un teléfono. El celular de Maira está muerto. Los de nuestros anfitriones también. Es cierto que en esa zona hay muchos baches en la señal móvil. Pero es todo muy raro, muy alarmante. Pido una computadora para mirar los correos swinger. Teníamos dos o tres cuentas para hacer contactos. Están todas cerradas y no puedo acceder. ¿Por qué Maira haría algo así? ¿O las habrán hackeado? Tampoco puedo acceder a mi propio correo ni al de Maira.

Le digo a la conserje que voy a buscar a mi mujer y que si ella aparece por favor me espere sin irse de allí. Empiezo a vagar sin rumbo. La cabeza me estalla. Decido volver a buscar la maldita estancia de Marcial y Selene. Tiene que aparecer. Voy subiendo por la ruta el Abra de la Ventana cuando se me pone atrás un patrullero y me hace salir a la banquina.

Me da sospecha que los policías no se me acerquen. Me ordenan bajar del auto desde lejos. Me están apuntando con las armas reglamentarias.

-Aléjese del auto y muestre las manos.

Me palpan. Revisan los asientos. Encuentran el arma enseguida. Les digo que es de protección personal. Me llevan hacia el patrullero, que está parado detrás de mi auto.

-¿Y su mujer dónde está? -me preguntan. ¿Cómo saben de mi mujer? ¿Entonces no es un procedimiento de rutina? Me están buscando a mí. ¿Pero alguien llamó a la Policía, entonces? ¿Quién?

Es cuando miro el baúl. Ni siquiera se me había cruzado por la cabeza mirar el baúl. La punta de mi cinturón asoma de la tapa. Al verla se me ocurre una idea espantosa. Los policías se dan cuenta de lo que estoy mirando y me esposan inmediatamente.

-Vamos a ver qué hay acá -dice el jefe de la patrulla. Toma las llaves y abre el baúl.

Y allí está Maira. No está desnuda. La vistieron. Está blanca. Completamente blanca. Tiene mi cinturón apretado al cuello por el extremo de la hebilla. La punta del cinturón cuelga hacia fuera del baúl. No hay sangre, pero tiene un tiro en la sien. El policía comprueba de inmediato que a mi arma le falta una bala. Después comprobarán, además, que tengo restos de pólvora en la mano derecha.

Les digo que es una trampa, pero se burlan. Mientras estoy detenido insisto en que busquen la casa de Marcial y Selene. El fiscal de compromiso lo ordena. La encuentran, es la misma en que vi al jardinero, y la historia es la misma: la casa estaba cerrada, sus dueños están en Europa, nadie conoce a Marcial ni a Selene, con esos nombres o cualquier otro nombre. No son de Tornquist.

El día que me dictaron sentencia, en la sala estaba Julio Albarracín. Yo lo vi cuando me llevaron esposado. Sonreía con una expresión que significaba: "Te la puse".

Todo esto lo montó él. Es clarísimo. Es difícil de demostrar, pero se tiene que poder. Hacen falta algunas pruebas que yo no puedo obtener desde acá. Las necesitamos para poder presentar un recurso de revisión de mi condena. Por eso te llamé. Mis abogados anteriores no hicieron lo que debían, o no pudieron.

Hace días vi a Selene de casualidad en la foto de una revista que le dejaron a un preso, acá en la cárcel. Parece que es modelo o algo así. Tiene que haber sido una acompañante, una chica escort. Le deben haber pagado para representar un papel. Marcial debe ser lo mismo.

Hay que investigar cuál es la relación de los dueños de la casa, o de algún mayordomo o alguien con acceso a ella, con Julio Albarracín. Estoy seguro de que, investigando un poco, la relación va a saltar. Nadie tomó en serio lo que conté.

Te pido por favor que investigues. No me importa tanto demostrar mi inocencia o recuperar la libertad como hacer justicia con Maira. Ya sé que no lo merecemos, ni ella ni yo, pero debo intentarlo. Mi caída libre ya terminó. No me queda nada. Estoy aquí estrellado, como era inevitable que sucediera. Pero no puedo sacármela de la cabeza. Ni muerto, como estoy, puedo olvidar a Maira.

FIN

BOOKS BY THIS AUTHOR

Manuel Belgrano: Recuerdos Del Alto Perú

Crónica de la campaña libertadora.

Manual Popular De Derechos Humanos

Manual de divulgacion de derechos para Argentina y América Latina

El Discípulo Del Diablo. Vida De Monteagudo.

Biografía del prócer de la Independencia y la unidad sudamericana.

Próceres Argentinos Por La Patria Grande

Artículos y conferencias sobre Belgrano, San Martín, Monteagudo y Castelli.

El Último Perón

Crónica del tercer gobierno del tres veces presidente de los argentinos Juan Domingo Perón.

Anticristo. Historia De Una Profecía Jesuítica Sudamericana.

La interpretacion del jesuita Manuel Lacunza sobre el Apocalipsis y su influencia en Sudamérica desde Belgrano al Papa Francisco.

Don De Amor, Don De Vida.

Poemas.

La Maldición De San La Muerte

Novela policial umbanda de autor anónimo editada por Garin

Cuentos De Fantasmas, Diablos Y Otros Mundos

Serie de volúmenes recopilando historias de fantasmas, aparecidos, aventureros y eventos maravillosos recogidos por el autor en sus viajes por América.